키 큰 미루나무

키 큰 미루나무

윤규열 장편소설

개미

작가의 말

기다린 시간만큼 지루한 시간의 연속이었다.
소설을 기다린 독자도 있고 해서 이렇게 책을 묶는다.
요즘 필력도 예전과 다르다.
긴 여행을 떠나고 싶지만 늘 생각뿐이다.
쓰고 싶은 글들은 너무 많고 욕심에 비해 체력은 따라오지 못한다.
하지만 키 큰 미루나무 하권은 빨리 내고 싶다.

2016년 8월
윤규열

1

오후에 다송초등학교에 갔었습니다. 서쪽으로 기울던 해가 앙상한 미루나무 가지에 걸려 있었습니다.

운동장에서 보니 당신은 봄바람을 맞으려는 듯 문을 열고, 아이들과 이야기를 하고 있었어요. 봄바람이 커튼을 흔들어 가끔씩 가렸지만, 아이들 속에 빠져 있는 당신이 보기 좋았습니다.

대여섯 명의 아이들이 당신을 뚫어져라 올려보고 있는 것이 마치 노란 주둥이를 벌리고 어미의 먹이를 기다리는 제비 새끼처럼 보였습니다. 당신은 주둥이를 벌리고 있는 제비들에게 열심히 이야기를 들려주고 있었어요. 어떤 이야기인지 모르지만 아이들의 태도에서 무척 재미있는 이야기일거라 생각했습니다.

당신의 목소리가 들리지 않을 거리에 있었으니 이야기가 어떤 내용인지 무척 궁금했습니다. 당신은 당신이 좋아하는 색깔인 연한 살구색 원피스를 입고 있더군요.

교실 아래 화단으로 살금살금 걸어가 당신의 이야기가 무엇인지 들어볼까? 하고 몇 번을 망설였습니다. 그렇게 갈까 말까 망설이고 있을 때 뒤에서 까치가 울더군요. 키가 엄청나게 커버린 미루나무 위에 두 개의 까치둥지가 있었습니다. 보통 한 나무에 하나의 둥지를 틀던 까치가 한 나무에 두 개의 보금자리를 튼 겁니다. 당신은 매일같이 보아왔을 터이지만 신기하여 그곳에 눈을 빼앗기고 말았습니다. 까치들이 집을 단장하느라 분주하게 움직였습니다. 자세히 바라보니 나뭇가지를 꺾어 열심히 둥지를 꿰고 있었습니다. 주둥이로 나뭇가지를 꿰는 모습이 정말 신기하더군요.

나무 밑으로 다가가 둥지를 바라보았습니다. 나무는 두 가족이 살기에도 공간이 넉넉했습니다.

까치들은 서로 다른 방향으로 날아가 나뭇가지를 가져왔습니다. 까치의 두 가족은 정말 다정했고, 부부애도 좋아보였습니다. 한참 동안 바라보다 철봉 밑으로 다가가 유년의 기억을 떠올리며 매달려 보았습니다.

키순으로 서 있는 철봉 맨 끝 높은 철봉에 매달렸지만 철봉의 키가 작았습니다. 거꾸로 매달려 미루나무 가지 위에 매달려 있는 까치집을 바라보다 새털구름을 보았습니다. 붉은 새털구름은 유년시절에 보았던 그 모습 그대로였습니다.

갑자기 잔솔밭에서 해가 지는 줄 모르고 놀던 그때가 생각났습니다. 노을이 지나면 얼마지 않아 시나브로 어두워 온다는 것을 깨달아 철봉에서 내려와 다시 당신의 교실이 보이는 곳으로 천천히 걸어갔습니다. 그런데 어느새 교실의 창문은 닫혀 있고, 아이들도 보이지 않았습니다.

교실 아래로 다가가 벽에 귀를 대 보았습니다. 아무 소리도 들리지 않았어요. 당신도 알지요? 그렇게 하면 소리가 잘 들린다는 것을 말입니다.

교실 앞에 서 있는 불꽃 모양을 한 여러 그루의 향나무가 차츰 검은색으로 변해갔습니다.

운동장으로 통하는 계단을 내려오다 보니 잘 단장된 작은 화단에 하얀색으로 보이는 것이 있었습니다. 가까이 다가가 바라보니 독서하는 소녀상이더군요. 동그란 모자 속에서 부드럽게 꼬인 머리칼이 어깨까지 늘어져 있는 소녀였습니다.

전체적인 모습에 비하여 머리 부분이 유난히 크게 조각되어 있는 소녀상의 모습을 보는 순간 머리 부분을 너무 크게 조각했다는 이유로 퇴직당한 교수가 생각났습니다.

자기의 예술세계를 이해하지 못하는 사람들이 한스러운지 하늘을 바라보며 한숨을 깊게 내쉬는 장면이 인상적이라 오래 기억되던 교수입니다.

소녀상 앞에서 무심코 운동장을 바라보았습니다. 그렇게도 넓었던 운동장이 너무도 좁아보였습니다.

사람은 다 그런가 봅니다. 키 크고 가슴이 넓어지면서 소중한 것들이 보이지 않을 정도로 작아져 버리는 거 말입니다.

차츰 운동장이 어두워 왔어요. 당신이 없는 학교가 더 이상 의미가 없었습니다. 유년시절에 무수히 걸어 다녔던 등굣길을 걸어보았습니다. 잔솔밭은 농토를 만들어 흔적도 없이 사라져 버렸고, 잔솔밭을 가로지르던 숲 속의 길은 논길이 되어 있었습니다. 논들은 마치 산촌의 다랑이논처럼 긴 계단을 이루고 있었어요. 서운하기도하고 우울하기도 했습니다.

구릉 꼭대기에 올라가니 공원처럼 만들어놓은 곳에 아직 소나무 몇 그루가 남아있었어요. 그 옛날 소나무가 많아 다송이라는 지명이 되었다는 것을 전설로 말해주듯이 말입니다.

자꾸만 깊은 어둠이 눅눅히 내려왔습니다. 하늘이 온통 코발트색 물감으로 색칠한 것 같았습니다.

키 큰 소나무에 기대어 별처럼 빛나는 마을을 내려다보았습니다. 그곳에서 바라보니 마을의 불빛이 쓸쓸하고 슬프게 보였습니다.

유년에 떠나온 고향을 찾아 갈 때마다 낯설어 보였는데 밤이 되니 낯설지 않았습니다.

한동안 마을을 바라보고 있으니 한 가지 기억이 떠올랐습니다. 다복솔 밑에서 망을 보던 당신을 뒤로하고 소나무 숲과 경계를 이룬 참외밭으로 기어가던 기억 말입니다.

그때 어찌나 떨리고 두려웠던지 그만두려고 뒤를 돌아보았습니다. 그때 다복솔 아래에 숨어 있던 당신이 빨리 가라며 손짓을 했죠. 망설이다가 눈을 감고 다시 참외밭으로 기어갔습니다.

원두막은 점심시간이라 텅 비어 있었지만 언제 주인이 나타날지 모를 일이었죠. 가까스로 참외밭에 도착하여 참외를 찾아보았지만 떨려서 그런지 보이지 않았습니다.

참외를 찾으려고 고개를 들었습니다. 건너편 이랑에 노랗게 익어 먹음직스런 참외 몇 개가 넓적한 잎에 가려져 있었습니다. 용기를 냈습니다. 참외에 집중하다 보니 두려움을 잊은 겁니다. 밭이랑을 겁도 없이 뛰어 넘었습니다. 그리고 참외 두 개를 양손에 들고 당신이 숨어 있는 다복솔 아래로 뛰었습니다. 다복솔 아래에서 당신은 잘했다며 손뼉을 치고 좋아했습니다.

두 개 중에 어느 것이 큰가 비교한 후 작은 것을 당신에게 주었습니다. 생각 없이 참외를 한입 베어 물고 의기양양하게 당신을 바라보았습니다. 당신은 참외를 먹지도 않고 나를 뚫어져라 바라보고만 있었죠. 생각이 무뎌 그때서야 당신이 토라져 있다는 것을 알았습니다.

한입 베어 문 참외를 얼른 주니 당신은 기다렸다는 듯 참외를 받아 들고는 멋쩍은 표정을 하며 작은 참외를 주었습니다.

그때 보았던 당신의 환한 얼굴이 지금도 마음속에 깊이 각인되어 있었습니다. 참외를 다 먹고 집에 가려고 일어섰을 때 발이 허전했습니다.

당신도 그때서야 내 발을 보았습니다. 검정 고무신 한 짝이 없었습니다. 참외밭에 서 있는 원두막을 바라보았습니다. 원두막은 텅 비어 있었습니다. 하지만 먼발치 논길에는 지게를 지고 뒤뚱거리며 다가오는 주인이 있었습니다.

당신은 걱정스런 표정을 하며 주인과 나를 번갈아 바라보았습니다. 당황했지만 당신의 입가에 붙어 있는 참외씨를 보니 웃음이 나오더군요. 당신은 이 상황에서 웃음이 나오느냐 말했죠.

신발을 포기하고 집에 돌아와 걱정하고 있을 때 당신이 오빠 신발 한 짝을 훔쳐다 주었지만 너무 커 신을 수 없었습니다.

얼마가 지나서 어머니한테 들킨 나는 누구와 같이 갔냐는 추궁에도 끝까지 입을 다물었습니다.

그 후 보리가 들어 있는 자루를 머리에 인 어머니는 나를 데리고 참외밭으로 갔습니다. 괜찮다는 주인의 말에도 불구하고 어머니는 끝내 원두막에 보리쌀을 내려놓았습니다.

그때서야 주인 앞에 무릎을 꿇고 잘못을 빌었습니다. 닭똥 같은 눈물이 떨어졌습니다. 주인은 머리를 쓰다듬어주고는 원두막 아래에서 검정 고무신을 가져왔습니다. 햇빛에 달구어진 검정 고무신을 발에 꿰자 어찌나 따뜻하던지 지금도 가끔씩 그때 그 따뜻한 검정 고무신 한 짝을 생각합니다.

어머니는 돌아오는 길에 보리 한 말을 주었다고 말했습니다. 지금 어림하여 환산해 보아도 보리 한 말의 가치가 고무신 두 켤레 값도 넘는데 말입니다.

하늘에는 별이 많군요. 문득 하늘의 별을 바라본 것이 언제인지 생각해 보았습니다. 오랫동안 별을 잊고 살아왔어요. 해놓은 것도 없으면서 무엇이 그리 바빴던지. 갑자기 우울했습니다.

고개만 넘어가면 내가 살던 동네였지만 가기가 싫었습니다. 그곳이 어머니가 누워 계신 곳이기는 하지만 말입니다.

어머니께서 돌아가시고 한동안 주말마다 묘소를 찾아갔습니다. 살아생전에 해드리지 못한 죄책감이 그렇게 만들었습니다.

어머니의 묘 주위에서 도래솔 가지를 꺾어 차 안에 가지고 다녔습니다. 차 문만 열면 어찌나 솔향기가 그윽하던지 마치 솔향기가 어머니의 냄새처럼 느껴졌습니다.

가끔 사람들이 내 차를 탈 때면 솔향기가 좋다고 했어요. 그렇게 어머니의 기억을 떠올리며 살았었지만, 지금은 어머니의 기억이 저편에서 가물가물합니다.

사람들은 그렇게 사랑하는 사람들을 잊어가는 가 봅니다. 생각하면 슬픕니다. 당신의 기억도 솔직히 그랬어요. 일이 안정되고 집안이 편안하자 유년의 기억을 몽땅 잃어버린 겁니다.

앞만 바라보고 달려갔습니다. 가끔씩 언뜻언뜻 유년의 기억을 떠올려 보기도 했습니다만 가슴에 와 닿기도 전에 다른 일들로 머릿속이 채워졌습니다. 당연한 것처럼 말입니다.

친구들을 통해 당신이 하고 있는 일을 어렴풋이 알고 있었습니다. 초등학교 선생님이 되었다는 당신 소식을 접하고부터 한 번은 꼭 만나야겠다고 생각했습니다.

소나무 그늘에서 오랫동안 서 있으니 몸이 축축해 지더군요. 이슬이 내려온 겁니다. 늦게 떠오른 달이 마치 당신 집 흙 담장 위에 해마다 올려져 있던 박처럼 탐스럽고 부드러웠습니다.

한동안 달을 바라보다 학교로 돌아갔습니다. 학교 운동장 가장자리에 세워둔 차 때문입니다. 승용차가 운동장에 덩그러니 있었어요. 교문 앞에서 하얀 승용차를 바라보며 차도 꼭 주인을 닮았다고 생각했습니다.

코발트색 하늘 위에 별들이 반짝거렸고, 달빛은 하얀색으로 단장된 학교 지붕 위로 뿌옇게 쏟아졌습니다.

한동안 그 자리에 서서 달을 바라보다 까치둥지가 생각나 그쪽을 바라보았습니다. 별빛이 내려앉는 앙상한 미루나무 가지 위에 올려져 있는 까치집이 왠지 불안하기까지 했습니다.

운동장을 천천히 걸어서 한 바퀴 돌고는 차로 돌아왔습니다. 차 유리창에 이슬이 내려와 있었어요. 유리를 닦고 차 안에 앉아있으니 서글픈 생각이 들었습니다.

검은 소나무들이 고개를 숙이고 바라보는 것 같았고요. 교실 유리는 검은색으로 번들거렸습니다.

갑자기 구석진 교실 어디에서 당신이 저를 바라보고 있는 것 같았습니다. 전조등을 켜고 당신과 이별이나 하는 것처럼 운동장을 한 바퀴 돌고 교문을 빠져나왔습니다.

산업도로로 접어들자 군산시가지가 보였습니다. 오색으로 영롱한 불빛들이 마치 초승달 모양을 하고 있는 해변을 바다 먼 곳에서 바라보고 있는 것 같은 도시입니다.

밤에 이 길을 가끔씩 달렸습니다. 어떤 땐 쓸쓸한 모습으로 어떤 땐 훈훈한 모습으로 보이곤 하는 불빛입니다.

언젠가 갓길에 차를 주차하고 담배를 피우며 도심을 바라본 적이 있었어요. 당신은 이런 기분을 모를 것입니다. 오늘도 몇 번 망설이다 지나쳐왔습니다.

살고 있는 아파트로 진입하려면 수송동 방면으로 들어가야 하는데 일부러 지나쳐 대학 입구로 차를 몰았습니다. 정문 앞에서 신호를 대기하고 있으니 듬성듬성 아이들이 지나갔습니다.

인문관 앞에 차를 주차시키고 연구실로 향했습니다. 창으로 들어온 가로등 불빛이 강의실 표시판을 희미하게 비추고 있었어요.

이층으로 올라가 연구실 문을 열었습니다. 익숙한 책 냄새가 코를 찔렀습니다. 책 냄새를 맡고 있으면 마음이 편안함을 느낍니다. 불도 켜지 않고 건성으로 책꽂이에서 책을 꺼냈습니다.

창으로 스며든 조명 등불 때문에 어렴풋이 책을 볼 수 있었습니다. 빼든 책은 지난 학기에 학생들이 제출한 논문이었습니다. 몇 장을 넘기다 덮었습니다. 짜깁기를 한 형식적인 논문들을 보고 싶지 않았습니다.

지난 학기에도 난 고집을 부렸습니다. 이렇게 제출된 논문이 무슨 소용이 있느냐는 거였죠. 하지만 저는 종국에 가서 도장을 찍었습니다. 매년 되풀이되는 일입니다만 그때도 정말 비참했습니다. 벌써 새벽입니다. 이제 집에 들어가 쉬어야겠습니다. 그럼 오늘은 이만 안녕.

— 은규

어두컴컴한 홀 안으로 들어서자 익숙한 재즈 음악이 들린다. 재즈 음악을 가만히 듣고 있으면 귀에 달라붙는 느낌이 든다. 늘 그렇듯이 벽면이 검은 거울로 장식된 구석진 자리로 향한다.

검은색으로 장식된 거울은 사각 무늬를 하고 있는데 대각선으로 잘려 있어 삼각형 네 개가 한 조를 이루고 있고, 중앙 부분이 부풀어있어 홀 안이 전부 조각처럼 보인다. 마치 정해진 자리를 찾아가듯 자리에 앉자 주인이 다가와 반갑게 맞이한다.

"선생님 요즘 통 뵙지 못했어요."

여자는 마치 십년지기나 되는 것처럼 반갑게 앞자리에 앉는다.

"멀리 좀 다녀왔습니다."

여자가 관심을 보이자 싫지 않은 표정으로 바라본다.

옆자리에 앉아 여자의 동선에 따라 눈을 움직이는 사십대 후반의 사내가 유리장식에 비춰 보인다. 언제부터 와 있었는지 얼굴에 취기가 가득하다.

"제가 마시던 술 아직 남아있지요."

사내를 의식하며 말한다.

"그럼요. 안주는 과일로 드세요. 싱싱한 과일이 들어왔으니."

여자가 대답도 듣지 않고 자리에서 일어선다.

거울을 통해 남자의 표정을 살핀다. 얼굴 전체에 비하여 유난히 코가 큰 남자는 여자의 움직임에 따라 시선이 움직인다. 자기 눈은 어떤 사람도 속일 수 없다며 깔깔대며 웃던 여자의 모습을 떠올리며 다시 한 번 사내를 바라본다.

사내는 마른침을 삼키며 돌아서 있는 여자의 엉덩이를 바라본다. 사내는 술이 취하는지 짙은 눈썹을 몇 번 눌러보더니 고개를 좌우로 천천히 흔든다.

검은 유리에 비친 그의 눈이 마치 권투선수가 링사이드에 앉아 상대방을 관찰하는 것 같이 예리하다.

반쯤 들어 있는 양주를 탁자 위에 내려놓은 여자는 앞에 앉아 과일을 깎는다. 얼음 그릇에서 얼음을 꺼내 빈 잔에 담고 그 속에 다시 물을 채운다.

"제가 해드려야 되는데."

여자가 미소를 보낸다.

여자는 사과와 배 그리고 파인애플을 조금씩 썰어 접시에 올려놓고 앞으로 밀어놓는다. 번갈아 여자와 장식유리에 비친 남자를 바라본다. 여자가 맘에 들어 하는 남자의 성기를 상상하며 다시 한 번 남자의 코를 바라본다. 오뚝하지는 않았지만 주먹을 연상시키는 코다.

"시내가 아직 오지 않네요."

여자는 자신의 일거수일투족을 감시하는 남자를 의식한다.

"괜찮아요. 일 보세요"

턱으로 남자 쪽을 가리키고 술잔에 술을 따른다. 긴장하며 맥주잔을 비우는 남자의 모습이 장식장에 잡힌다.

반복된 재즈 음악은 어떤 땐 마음을 심란하게 하다가도 어떤 땐 슬픔을 몰고 온다.

어제 다송초등학교에서 보았던 중년의 숙이를 떠올린다. 머릿속에서 유년시절의 모습으로 각인되어 있는 모습과는 사뭇 달랐다.

시간에 따라 성장한다는 것을 알면서도 한동안 보지 못한 숙이의 시간을 망각했다 생각하며 지나간 시간을 상상한다.

여자를 앞자리에 앉힌 사내의 얼굴에 미소가 가득하다. 여자는 남자를 올려다보며 때론 소리 내 웃고, 때론 들으라는 투로 큰 소리로 말한다.

교양 없이 경망스럽게 구는 여자의 뒷모습을 한참 동안 바라본다. 여자의 모습이 언젠가 하회별신굿탈놀이에서 보았던 부네탈을 쓴 사람 같다.

여자의 얼굴은 수시로 변한다. 교양 있게 생긴 점잖은 사람 앞에서는 그 나름대로 어울리는 우수에 찬 표정으로 자신의 이미지를 바꾸고, 고압적이고 강한 인상의 소유자에겐 거기에 맞는 한없이 약한 표정을 한다.

여자가 자리에서 일어나 카운터 쪽으로 걸어간다. 음악이 잠시 그치더니 가끔씩 청해서 듣던 랩소디 인 블루가 흘러나온다. 사내와 앉아있으면서도 자신을 배려하고 있다고 생각한다.

랩소디 인 블루를 듣고 있으면 비가 오는 느낌을 받는다. 도심을 적시는 비를 상상하며 따라놓은 술을 입술에 대고 음미하다가 한 모금 마시고는 내려놓는다.

얼마 마시지 않았지만 술기운이 온몸에 퍼진다. 음악소리가 마치 심장에서 울리는 소리처럼 느껴진다. 눈을 감고 생각에 잠긴다. 음악을 들으며 눈을 감고 있으면 피로가 풀리는 것 같다.

"선생님 오셨어요."

시내가 다가와 조심스럽게 말한다.

그때서야 눈을 뜨고 시내를 바라본다.

"출근이 늦었네."

마지못해 한마디 한다.

"수요일엔 항상 이 시간이에요."

시내는 밝은 모습으로 앞에 앉는다.

살구빛 전등에 비친 시내의 얼굴은 진하게 화장을 해서인지 창백

하다. 마치 하얀 도화지처럼 차갑고 딱딱한 느낌이다. 술잔의 술을 비우고 시내에게 잔을 건넨다.

"초저녁이라 조금만 마시겠습니다."

시내는 표정과는 다른 감성적인 언어를 구사한다.

"입술 색깔이 색다르군."

회색빛으로 반들거리는 시내의 입술을 바라본다.

"라이트그래이…… 어울리지 않나요."

자기 취향이라며 당당하게 말한다.

"꼭 본 모습을 숨기는 것 같아……"

"그래요."

일부러 놀라는 표정을 한다.

"코디는 직접."

시내의 표정을 살핀다.

"내가 직접해요. 제가 연예인도 아니고……"

"수준급이야."

추켜세우고 술잔을 건넨다.

"고마워요."

수줍게 술잔을 받아든다.

술잔을 들고 조금씩 마시며 내려놓는 시내를 물끄러미 바라본다. 볼 선으로 파운데이션이 묻어 있는 솜털이 살구빛 전등을 받아 더욱 어린티를 연출한다.

"선생님. 저분 누구신 줄 모르시죠."

남자에게 눈길을 주며 조그맣게 말한다.

모른다는 표시로 턱을 흔든다.

"언니 애인."

웃으며 말한다.

다시 한 번 장식장에 비친 남자를 바라본다. 퍼즐처럼 조각난 남자의 모습이 유리장식에 비춰 보인다.

얼굴에서 떨어져 나온 남자의 한쪽 눈이 여자를 그윽한 시선으로 바라본다. 여자는 테이블에 앉아 두 손으로 턱을 괴고 남자의 얼굴을 뚫어져라 바라본다. 여자의 얼굴에서 튀어나온 턱이 부자연스럽게 한쪽 유리에 걸려 있고, 턱밑에 있는 하얀 손이 조각나 부서져 흘러 내려와 있다.

홀 안이 자꾸만 랩소디 인 블루로 채워지는 느낌이 들면서 무언가가 머리를 무겁게 누른다. 무거운 기운을 털어내려고 술잔을 든다.

"선생님은 뭐하시는 분이세요."

모습을 살피던 시내가 말한다.

"그건 말하지 않기로 했잖아."

조용하게 타이르듯 말한다.

"선생님을 뵌 지가 일 년이 넘는데, 선생님에 대하여 하나도 몰라요. 언니도 무척 궁금하데요."

더 이상 말하지 말라는 투로 시내 앞에 놓인 술잔을 가져와 반쯤 남아 있는 술잔에 술을 채운다.

"음악을 좀 바꿔줄 수 없겠나."

음악이 끝나고 다른 곡으로 바뀌자 더 이상 관심을 갖지 말라는 투로 말한다.

"그 랩소디 인 블루로 말인가요."

시내는 대답도 듣지 않고 음향장치 쪽으로 또각또각 걸어간다. 걸어가는 모습이 철이 들지 않은 말괄량이 모습으로 머리가 가볍게

출렁인다.

다시 랩소디 인 블루가 홀 안으로 스며든다. 눈을 감고 혼란스런 오늘을 생각한다.

"무슨 생각을 하세요?"

얼굴에 웃음을 띠며 의자를 당겨 앉으며 다가온다.

"생각 없이 눈을 감고 있었어."

감정 기복이 큰 시내를 바라보고 있으면 깊이 생각할 필요를 느끼지 않아 우선 편하다.

"선생님을 보고 있으면 교수님 아니면 의사. 그런 사람 같아요. 맞나요?"

대답을 기다리며 눈을 동그랗게 뜬다.

"선생님은 곤란한 대답이 있으시면 꼭 술잔을 들더라."

말이 없자 토라지며 가재 눈을 뜬다.

술잔을 비우고 시내에게 술잔을 건넨다.

"오늘은 조금만 마시려고 했는데……"

시내는 한입에 술잔을 비우고 건넨다.

"이렇게 술이나 마셔. 얼마나 좋아."

시내의 태도를 살핀다.

"술은 이야기하면서 마셔야 취하지 않는대요."

"누가 그러던가."

"언니가."

시내가 술기운이 도는지 자꾸만 자세가 흐트러진다.

"선생님. 저 어때요."

"뭘."

"제 모습 말이에요."

시내가 취해 일어날 시간이 되었다고 생각하고, 조금 남아 있는 술을 술잔에 따라 마신다.

"이제 가시려고 그러죠."

아쉬운 표정을 한다.

"이쁜이 다음에 또 봐."

게슴츠레한 눈으로 바라보는 소녀를 뒤로하고 문을 나선다. 밖엔 언제부터 비가 내렸는지 아스팔트가 축축하다.

집으로 가려면 이십 분은 족히 걸어야 되는 거리지만 봄비를 맞으며 걷는다. 밤이 이슥한 도심의 골목길은 한산하다. 이따금씩 옆으로 창백한 불빛을 뿜어대며 차량이 지나갔지만 곧 아무렇지도 않게 골목은 어둠으로 채워진다.

텅 빈 방 안으로 들어오니 비에 젖은 옷 때문에 어깨가 무겁다. 봄비라지만 아직 으스스하다. 의자에 걸려 있는 수건이 언젠가 달리의 그림에서 보았던 축 늘어진 시계처럼 보여진다. 수건으로 머리를 닦고 옷을 갈아입는다. 비가 와서 그런지 옷장에 있는 옷들이 눅눅한 습기를 머금고 있다. 옷을 갈아입고 책상 앞으로 가 의자에 앉는다.

컴퓨터 위에 놓여 있는 작은 액자 속에서 아내가 활짝 웃고 있다. 사진을 바라보고 있으면 마치 옆에 있는 듯 착각을 일으킨다. 한동안 아내의 웃는 모습을 바라본다. 아내의 모습이 숙이의 모습과 합성해 나타났다가 영상이 꺼지듯 두 얼굴이 사라지며 어두운 공간으로 변한다.

서랍에서 편지지를 꺼내 책상 위에 올려놓고 숙이를 생각한다. 자꾸만 액자 속에 든 아내의 모습이 머릿속에서 마치 컴퓨터의 영상보호 장치처럼 대각선으로 움직인다. 모든 생각들을 털어내기라도 하는 듯 도리질한다.

창틈으로 스산한 바람이 세어들면서 쇳소리를 낸다. 몸을 움츠리며 펜을 든다.

2

어머니께서 지난겨울에 돌아가셨습니다. 고혈압으로 쓰러지신 후 육 년이란 긴 세월 동안 방에 누워 사셨습니다. 말을 못하셨죠. 말을 못하니 아들인 나를 알아보는지 못 알아보는지 통 알 수가 없었어요.

한번은 연필을 쥐어주고 말했습니다. 나를 알아보면 'ㅇ'표를 하시라고요. 알아보는 것 같은데 반응이 없었습니다.

의사는 혈관성치매로 뇌가 일부 죽어 알아보지 못할 거라 말하더군요. 동네에 어머니 친구 한 분이 그러대요. 차라리 말을 하지 못한 것이 다행이라고요. 나쁜 생각으로 그렇게 말하지는 않았지만 건강한 어머니의 친구가 부러워 남의 일이라고 그렇게 막말을 해도 되느냐고 그분한테 화를 냈습니다.

그분은 그 자리에서 잘못했다며 사과를 했지만 노망든 사람들 때문에 가족 간에 이가 났다는 말을 들었던 터라 가만히 생각해 보니 그 말도 맞다 싶었습니다.

당신도 기억하고 있지요. 동네에서는 여장부고 호랑이라고 소문이 나 있던 우리 어머니 말입니다. 하지만 고혈압으로 쓰러진 후부터는 너무도 허약한 어머니였습니다. 나를 보고 고함 한 번 지르지 못했어요.

아버지가 부축해 주어야 겨우 벽에 기대앉았습니다. 아버진 가끔씩 휠체어에 어머니를 앉혀 동네 기슭까지 밀고가 먼 들녘이 보이는 언덕에 놓아두었답니다. 어머니는 언덕에 오르면 얼굴에 미소를 띠었고, 한없이 먼 들녘을 바라보았죠.

아버진 어머니께서 사람을 알아본다고 믿고 있었어요. 말을 하지는 못했고, 알아듣지도 못했지만, 마치 알아듣는 사람처럼 대하며 이야기를 했어요. 가끔씩 아버지의 그런 모습을 보며 날개 꺾인 비익조를 생각해 보았습니다.

그나마 어머니께서 살아계시니 얼마간 날 수 있는 거라고 말입니다. 지금 아버지께선 무척 힘이 드시나 봅니다. 어딘지 모르게 쓸쓸하고 힘도 없어 보여요.

우리 어머니를 묻은 곳이 어딘지 아세요. 당신도 고향에 갔더라면 알 수 있으련만…… 한길이 훤히 내다보이는 구릉 언덕배기 대나무밭 울타리였던 그곳에 어머니를 모셨습니다. 모실 때까지 모르고 있었습니다.

상여가 자꾸만 그리로 가고 있어 당황했었습니다. 왜 하필이면 그곳으로 가고 있는지 그곳에 도착해보니 울타리도 치워져 있었고, 대나무도 베어져 있었습니다. 포크레인을 불러 순식간에 일을 한 겁니다.

동네 술주정뱅이가 벌써부터 술에 취해 쪼그리고 앉아 어머니께서 들어가 쉴 땅속을 흔들거리며 바라보고 있었습니다. 그 술주정뱅이가 위험스러워 몇 번 비켜서 줄 것을 말했으나 들은 시늉도 안 했어요.

어머니의 관이 꽃상여에서 내려왔습니다. 상여꾼들이 비켜서고 형제들이 어머니를 땅속에 모셨습니다. 얼마나 눈물이 흐르던지……

한데 땅속이 너무도 깊었습니다. 땅속을 바라보니 아득했어요. 석관 뚜껑을 닫고 형제들이 흙을 한 삽씩 넣었지만 왜 그런지 마음이 답답했습니다. 일을 끝내고 옆에 쭈그리고 앉아 있는 지관한테 여쭈어보았습니다. 왜 이렇게 깊게 모셔야 되느냐고 말입니다. 늙은 지관은 웃으며 말하데요. 이 정도는 돼야 한다고 말입니다. 지금도 어머니께서 누워 있을 묘지를 생각하면 왠지 가슴이 답답합니다.

당신도 우리 어머니께서 누워계신 그곳이 생각날 것입니다. 내가 항상 그곳에서 어머니를 기다리던 곳이었으니 말입니다.

언젠가 당신은 어디론가 놀러가자고 꼬드겼지만, 끝내 그곳에서 한 발짝도 움직이지 않았던 기억이 납니다.

그때는 소쿠리를 삼십여 개 머리에 이고 떠나간 어머니를 기다리는 것이 하루의 일과였습니다. 어머니를 기다려야 하고 그래야 어머니께서 집으로 돌아온다는 생각을 했었습니다. 그땐 기다리지 않으면 어머니께서 영영 돌아오지 않을 수도 있다는 생각이 항상 머리에서 떠나지 않았습니다.

어머니께서 돌아가시던 날이 눈에 선합니다. 어머니를 모시고 있는 동생이 급한 소리로 전화를 했습니다. 어떻게 될지 모르니 빨리 와서 어머니를 보라고 말입니다. 청천벽력이 따로 없었습니다.

아무리 서둘러도 차가 늦었습니다. 도착하니 동생 내외와 아버지께서 어머니 곁에 앉아있었습니다.

벌써 죽음을 예견했던지 흰 베옷으로 갈아입히셨더군요. 어머니 옆에 앉아 어머니를 불러 보았습니다. 아들이 왔다는 것을 알았는지 어머니 얼굴이 꿈틀 거렸습니다. 아버지께서 말하시더군요. 누구를 기다리고 있는 것 같다고요. 눈물이 왈칵 쏟아지대요. 내가 사회에서 당하고 있는 현실들이 우수수 머릿속에서 쏟아져 나왔습니다.

어머니께선 내가 도착한 지 오 분도 되지 않아 숨을 멈췄습니다. 마치 모든 어려운 일을 의연하게 대처하며 살아가라 말하고 떠나가시는 것 같았습니다.

눈물을 닦고 어머니 모습을 내려다보았습니다. 고통의 흔적이라고는 전혀 찾아볼 수 없는 평온한 모습이었습니다. 그때 알았습니다. 죽음이란 고통스러운 것이 아니라는 것을 말입니다.

새벽에 어머니가 계신 병풍 뒤를 들어가 보았습니다. 마치 주무시고 계시듯 평온해 보였습니다.

입관을 한다는 그날은 더욱 일찍 어머니에게 다가가 보았습니다. 죽음이라는 것이 실감나지 않았습니다. 사람들은 다 그런가 봅니다. 영원히 죽지 않고 내 옆에 있어 줄 것만 같은 그런 생각 말입니다.

염을 하고 입관을 하면 어머니의 얼굴을 영영 보지 못할 거라는 것을 알았습니다. 그래서 그 자리에 앉아 마치 살아 있는 사람에게 말하듯 조용하게 말했습니다. "어머니 눈 한번 떠보시지요" 소용없었습니다. 어머니의 옷고름을 풀고 어머니 가슴에 손을 밀어 넣었습니다. 이미 불을 뺀 방안이었는데 온기가 있는 것 같았습니다. 다시 저고리를 벌려 보았습니다. 우리 육 남매가 먹고 자란 어머니의 젖이 바람 빠진 풍선처럼 가슴에 붙어있었습니다만, 풍선과는 다른 것이었습니다. 마치 엄청난 일을 끝내고 쉬는 휴식 같은 그런 것이었습니다. 보잘것없어 보이는 그런 형상이었지만 위대해 보였습니다. 어머니의 가슴 위에 귀를 대고 어머니의 고동치는 가슴의 소리를 들으려 했습니다. 아무런 소리도 들리지 않았습니다. 거선이 항구에 닿아 다음 목적지를 기다리며 잠시 쉬는 것 같았습니다. 잠시 우리 곁에 머물다 떠나는 그런. 어머니께 말했습니다. 이제 어느 곳으로 가느냐고 말입니다. 대답이 없었습니다. 참을 수 없었습니다. 왜 그런지 자꾸만 눈물이 흘렀습니다. 슬프지도 않은데 눈물이 났습니다. 어머니의 옷고름을 벗긴 그대로 울었습니다. 눈물이 어머니 젖가슴에 떨어졌습니다. 어머니는 아무렇지 않게 편안한 모습 그대로였습니다. 상복 옷소매로 어머니 젖가슴에 묻어 있는 내 눈물을 닦았습니다. 그때입니다. 형이 나를 찾았습니다. 서둘러 어머니의 옷고름을 묶었습니다. 그리고 어머니의 모습을 한동안 바라보고는 다시 흰 천을 씌웠습니다.

사람들이 웅성거렸습니다. 염을 한다는 염장이가 도착한 것입니다. 방으로 들어온 염장이는 병풍을 걷었습니다. 그리고 어머니 옷을 벗겼습니다. 이승에서 마지막으로 벗는 어머니의 옷이었습니다.

어머니의 마지막 흰옷은 염장이의 가위질로 벗겨졌습니다. 그리고 물수건에 물을 적신 염장이는 어머니의 몸을 닦았습니다. 그때입니다. 형이 울면서 염장이들에게 말했습니다. "저리 비키시오" 영문을 몰랐습니다. "우리 어머니 몸에 손대지 마시오" 울음이 가득 든 목소리였습니다. 형은 염장이의 손에서 물수건을 빼앗고 물수건을 다시 깨끗한 물에 빤 다음 어머니의 몸을 닦았습니다. 그때

서야 언젠가 부엌에서 나를 목욕시키며 말했던 어머니의 말이 떠올랐습니다. 어머니는 내 등을 밀면서 말했습니다. "은규야 내가 죽거든 너도 나처럼 이렇게 어머니 몸을 씻어줘야 되는 거야" 그 말을 떠올리며 형이든 물수건을 도로 빼앗았습니다. 그리고 어머니의 몸을 닦았습니다.

어머니의 몸을 닦아내자 염장이는 능숙하게 수의를 입혔습니다. 마지막으로 어머니의 얼굴을 가리고 끈을 조였습니다. 형제들이 여기저기서 눈물을 참지 못해 킄킄 댔습니다.

염장이가 나가고 나자 얼마 되지 않아 한 분뿐인 이모께서 오셨습니다. 오열을 했습니다만 어머니의 마지막 얼굴은 보지 못했습니다. 얼마 동안 우시던 이모님이 묻데요. 얼마나 고통스럽게 돌아가셨냐고요. 고통스럽지 않고 편안하게 눈을 감았다고 말하니 그럴 리가 있느냐며 눈물을 닦았습니다.

어머니 형제지만 늦게 온 것이 미웠습니다. 동생한테 위독하다는 연락을 받고 즉시 한 분뿐인 이모에게 알렸는데 이모는 즉시 달려오지 않았던 겁니다. 내 말이 불쾌했던지 이모님은 그날 저녁에 서울로 떠나갔습니다. 염이 끝나고 이모님 일도 있고 해서 어수선 했습니다.

그 틈에 교회에서 목사님과 성도들이 왔습니다. 입관예배를 본다는 겁니다. 예수를 믿지 않는 형제도 있었지만 동참했습니다. 먼저 하늘 가는 밝은 길이란 545장 찬송을 불렀습니다. 너무나 슬펐습니다. 갑자기 눈물이 쏟아지데요. 당신도 한번 불러보세요.

'하늘 가는 밝은 길이 내 앞에 있으니 슬픈 일을 많이 보고 늘 고생하여도 하늘영광 밝음이 어둔 그늘 헤치니 예수공로 의지하여 항상 빛을 보도다. 내가 걱정 하는 일이 세상에 많은 중 속에 근심 밖에 걱정 늘 시험하여도 예수 보배로운 피 모든 것을 이기니 예수공로 의지하여 항상 이기리로다. 내가 천성 바라보고 가까이 왔으니 아버지의 영광 집에 가 쉴 맘 있도다. 나는 부족하여도 영접하실 터이니 영광나라 계신 임금 우리구주 예수라.'

목사의 설교가 끝나자 입관을 시작했습니다. 관의 뚜껑을 닫고 뚜껑을 고정했습니다. 고정하는 망치 소리가 가슴을 때렸습니다. 성질이 급한 형은 너무나 서운하다며 울면서 관을 찼습니다. 큰형이 다가가 이러면 안 된다고 말렸습니다. 형을 이해했습니다. 회갑 때도 외국에 있었던 터라 찾아뵙지 못하였고, 공교롭게도 칠순 때도 그랬습니다. 그런 것이 한이 되어 그랬을 겁니다.

예배를 주관했던 목사님은 내가 20년 전 군산에서 신앙생활을 처음 시작하던 때의 부목사님이었습니다. 그 부목사님이 담임 목사님이 되신 겁니다. 세월은 참 빨랐습니다. 늘 검은 양복을 입고 예배당 문 앞에서 신도들을 배웅하던 그 목사님이 고명한 목사님으로 변해있었습니다.

이튿날 이른 아침에 동생의 친구들로 주축이 된 상여꾼들이 몰려들었습니다. 상여는 몇 시간 전에 늙은 감나무 밑에 와 있었습니다.

붉은 꽃과 노랑꽃 그리고 흰꽃이 상여를 온통 장식해 있었습니다. 흰 종이로 만들어진 봉황 두 마리가 상여를 감싸안았고, 그 중간 중간에 검은색으로 된 십자가가 있었습니다. 상여꾼들이 식사를 하는 동안 우린 발인예배를 드렸습니다.

발인예배가 끝나자 관을 밖으로 들어냈습니다. 이 일은 형제들이 했습니다. 늘 우리를 기다리던 집에서 어머니를 우리가 들어낸 것입니다. 자꾸만 어머니께서 누워 계셨던 방을 바라보았습니다. 어머니가 빠져나간 집이 허전했습니다. 마치 어떤 힘이 빠져나간 공허한 그런 현상이었습니다.

상여꾼의 구성진 소리가 들렸습니다. 우린 죄인처럼 나무지팡이를 하나씩 들고 어머니의 뒤를 따랐습니다.

고샅을 돌고 어머니께서 발이 닳도록 다녔을 동네 어귀를 지났습니다. 그리고 먼 곳에서 지친 몸으로 들판을 가로질러 오시던 그 길로 상여는 자꾸만 나아갔습니다. 언덕배기 대나무밭을 자꾸만 바라보았습니다. 행상을 나간 어머니를 기다리던 그곳을 말입니다.

커서도 가끔씩 어머니를 생각날 때마다 언덕의 대나무 울타리를 생각했습니다. 이른 봄 서릿발을 밟으며 떠나간 어머니는 해가 막 서산 철탑에 걸려 있어도 오시지 않았습니다. 조금만 있으면 어머니가 오실 것이다. 조금만, 조금만 속으로 그렇게 말하며 땅바닥에 친구들 이름을 쓰고 지우고 또 쓰고 하면서 긴장했습니다. 어둠이 어슴푸레 밀려들 때쯤 먼 한길에 흰옷을 입은 어머니가 보였습니다. 마치 흰 광목 조각이 펄럭이듯 말입니다. 차츰 앞으로 다가오는 어머니는 지쳐있었습니다. 어머니는 늘 대나무 그늘이 드리워진 울타리 밑에 오면 나를 찾았습니다. 숨어 있다가 달려 나가 어머니께 안겼습니다. 그때마다 어느새 내 손 안엔 어머니가 쥐어준 하얀 찐빵이 들려있었습니다. 어머니의 체온이 느껴지는 적당히 부풀어 있는 그 찐빵을 흙 묻은 손으로 만지작거렸습니다.

그곳으로 상여가 가고 있었습니다. 눈물이 핑 돌았습니다. 그 어스름한 이른 봄 어느 날을 생각하며 말입니다. 그 장소에 사람들이 몰려있었습니다. 큰 키의 소나무가 있고 대나무 울타리가 있는 그곳에 말입니다. 어머니의 영원한 안식처가 그곳에 마련되어 있었습니다.

당신은 지난번 편지에서 집으로 가지 않으려 했다는 내용도 다

이런 뜻이 있어서입니다.

우리 형제들은 삼우제가 끝난 후에 뿔뿔이 자기들의 터전으로 떠나갔습니다. 아무런 탈이 없었습니다. 잘못된 일이 있으면 서로 이해하자고 말하며 지난 며칠 사이에 있었던 엄청난 사건을 마무리했습니다.

아버지는 가장 사랑하는 사람을 잃어서인지 매일 술로 삽니다. 얼마가 지나면 제자리를 찾아가시겠지요. 육 년 동안 똥오줌을 직접 받아오신 분인데도 그렇게 아쉬운가 봅니다.

어머니를 잃어보지 않은 당신은 모를 겁니다. 어떤 마음인지 굳이 표현하자면 유년시절 고무신 한 짝을 잃고 걸어 다니던 그 허전한 한 발 같다는 것입니다.

요즘은 자꾸만 어머니의 그늘을 생각합니다. 있어만 줌으로써 의지가 되던 어머니 말입니다. 직장이 불안합니다. 자꾸만 학생들의 수도 줄고, 어느 강의는 폐강이 되었다고 합니다. 그 교수의 하소연을 듣고 있으면 남의 일 같지 않습니다. 걱정이 됩니다. 자꾸만 형체를 알 수 없는 무언가가 다가오는 것 같아 괴롭습니다.

괜한 넋두리를 한 것 같군요. 창밖이 번들거립니다. 어디선가 자동차 전조등불이 새어들어 기와지붕을 비칩니다. 자꾸만 창밖으로 눈이 갑니다. 가끔씩 바람이 붑니다. 그때마다 을씨년스럽게 창틈으로 바람이 새어들며 쇠소리를 냅니다.

— 은규로부터

하늘이 선명하다. 폭풍우가 거짓말처럼 사라진 하늘은 깊고 푸르다. 인문관 쪽으로 걸으며 학장을 떠올린다. 얼굴 면적이 넓고 귤껍질처럼 거칠면서 검붉은 학장은 겉모습을 보아서는 학자 같지 않다.

지난번 회의석상에서 학장은 눈엣가시처럼 생각하며 노골적인 표현을 썼다. 그때 나름대로의 논리로 학장이 추진하는 일에 하나 하나 반기를 들었고, 일부 교수들이 동감이라며 고개를 끄덕였다. 하지만 선거에서는 모두 학장의 편에 손을 들었다. 학장은 자기의 일을 관철시킨 후 내년부터는 일부 학과는 강의를 개설치 않겠다고 으름장을 놓았다.

이사장의 생각이면 무엇이든 해내려는 학장의 충성심은 자리를 보장해주는 조건이 있어 그런다 치고, 정당치 못한 일이라는 것을 알면서도 학장 앞에서 말 한마디 못하는 교수들이 더욱 구역질난다.

"교수님."

연구실 문을 열고 들어가려할 때 학생이 달려오며 말한다.

"학생이 웬일이야."

"교수님께 말씀드릴 것이 있어서요."

학생은 머뭇거리며 말한다.

"들어와."

연구실로 들어가며 말한다.

연구실로 들어서자 익숙한 책 냄새가 코를 찌른다. 항상 그래왔던 것처럼 웃옷을 벗어 옷걸이에 걸고 소파에 앉는다.

"이리로 앉지."

바라보고만 있던 학생은 그때서야 소파에 앉는다.

"할 말이 뭔가."

"내년부터 선생님 강의가 없어진다는 소문이 있는데 그게 사실인가요."

학생은 머뭇거리다가 작심한 듯 말한다.

"누가 그러던가."

"교내에 소문이 파다합니다."

"자네 생각은 어떤가."

"글쎄요."

학생은 눈치를 보며 버릇처럼 머리를 긁적인다.

"학생도 생각이 있을 거 아닌가."

학생이 스스로 생각할 수 있도록 다시 말한다.

"그럴 리가 없을 거라는 생각이 듭니다. 인기가 있어 학생 모집이 어려운 것도 아니고 수강신청도 많이 하는 편이라서."

"그렇다면 헛소문 아니겠나."

"사실은……"

학생은 눈치를 살핀다.

"자네 공부에는 관심이 없고, 쓸데없는 일에 너무 관심이 많은 거 아닌가."

"……이사들과 학장님께서 교수님을 싫어해 그런다고 합니다."

학생은 작심한 듯 어렵게 말한다.

"내가 싫다고 강의를 개설하지 않는다는 것은 정당한 일이 아니고 또 그렇게 될 수도 없잖나. 학생의 생각도 그렇고."

"그렇긴 합니다만, 학생들이 걱정을 많이 합니다."

"자네가 과대표이니 잘 말하게."

학생은 다행이라는 표정을 하며 연구실을 나간다.

학장의 생각이 어떻게 학생들의 귀에 들어가게 되었는지 생각하다가 창밖을 바라본다. 벌써 창밖엔 봄기운이 완연하다. 비온 후라 그런지 깨끗한 느낌이 든다.

언덕 위로 앙상한 가지를 드러내고 있던 목련나무에서 조막만한 목련꽃 봉오리가 마치 흰 새떼가 나무 위에 앉아 있는 것처럼 하얗게 매달려 있다.

유난히 목련꽃을 좋아했던 아내는 목련이 피는 계절엔 목련꽃 그늘 밑에 나무의자를 놓아두고 앉아 책을 보았다. 그러다가 흰 목련이 질 때면 마치 우울증에 걸린 사람처럼 안절부절못했고, 눈물도 흘렸다. 잠시 목련꽃 그늘에 앉아 책을 읽던 아내를 생각한다.

이삼 일에 한 번씩 아내에게서 걸려오던 전화도 끊긴 지 오래다. 아무리 돈이 든다고는 하지만 집에서 전화를 하면 아내는 돈이 들어간다며 서둘러 전화를 끊는다.

이 년 전 아내가 아들을 돌본다는 이유로 아들이 가는 유학길을 떠날 때, 백목련나무가 있는 집을 처분하고 줄 곳 원룸아파트에서 혼자서 살고 있다.

언제 그렇게 자랐는지 아들의 성장을 바라보면 신기하다. 어렵게 결혼식을 올리고 어떻게 살다보니 아들을 얻었다. 한참 공부를 하던 때라 아들과 이야기할 시간도 없었다. 그런 아들이 벌써 커 유학의 길에 오르고, 자신이 가고 있는 길을 뒤따르겠다고 한다.

자식이 대견해 보이다가도 가끔씩 아들의 추월이 두렵게 느껴진다. 자식이라는 의미보다도 후배라는 의미가 더 깊이 작용해서라고 스스로 생각하다가도 자꾸만 시류와 함께 변해가는 자신이 서럽다.

서랍을 열어 수첩 속에 넣어둔 숙이의 편지를 꺼내본다. 연한 황색 테가 둘러진 꽃종이에 파란 볼펜으로 써 있는 숙이의 편지는 모양새가 귀엽고 깔끔하다.

나이가 사십대 후반이 되었는데도 아직 소녀의 마음을 간직하고 있는 숙이가 부럽다가도 아직 혼자라는 사실 때문에 안쓰럽다.

몇 번 황등을 지나 다송으로 가는 길에 있는 그 집에 가고 싶었다. 그 집은 황토로 벌겋게 허리를 내밀고 있는 민둥산이 훤히 내다보이는 창이 넓은 찻집이다. 그곳에서 숙이와 옛날이야기라도 해보고 싶었지만 종국에 가서는 생각을 접었다.

편지의 냄새를 음미해 본다. 연한 라일락꽃 향기가 은은하게 스며 있는 냄새가 숙이의 손 향기일거라고 막연한 생각을 해본다.

편지의 내용은 유년시절의 기억을 옮겨놓은 것들이다. 편지를 쓰는 숙이의 모습을 상상한다. 어두워진 교실 가장자리에 앉아 유년의 기억을 떠올리며 또박또박 써내려가는 모습이 마치 눈앞에서의 행동처럼 느껴진다.

강의를 마치고 저녁 늦도록 학생들의 리포트를 검사하다 밖으로 나온다. 동적인 학생들의 모습으로 가득해 있던 농구대가 있는 운동장이 텅 비어있다. 한동안 빈 운동장을 바라보다 주차장으로 향한다. 주차장으로 가는 내내 아침에 보았던 학생의 근심어린 얼굴이 지워지지 않는다. 차를 타고 주차장을 빠져나오다 이층 학장실 쪽을 바라본다. 아직 퇴근하지 않았는지 학장실 창문에서 백색광선이 도로로 쏟아진다.

일없이 시내를 한 바퀴 돌며 카페 모딜리아니의 시내를 생각한다. 생각 없이 툭툭 던지는 시내의 얼굴에는 가식이라고는 찾아 볼 수 없다. 편한 웃음과 거침없는 말 그런 것이 맘에 든다.

차를 원룸 주차장에 주차시키고 집으로 들어갈까 망설이다 모딜리아니로 향한다. 그곳으로 가는 내내 시내를 생각하고, 오늘은 시내의 입에서 어떤 말이 튀어나올지 상상한다. 생각만 해도 상큼하다.

어두컴컴한 거리를 지나 번화가에서 한 블록 비켜 있는 모딜리아니는 은은한 불빛을 거리로 쏟아내기가 두려운지 글씨만 은은하게 밝히고 있다. 문 앞에서 들어갈까 망설이다 문을 밀치니 문 위에 달아놓은 작은 종이 울면서 청아한 풍경소리를 낸다.

"오셨어요."

붉은색 짧은 치마 위에 검정 자켓. 그 속엔 레이스가 달린 흰 브라우스가 마치 연구실 창문으로 보았던 몽우리 진 백목련같이 수줍은 모습이다.

"제가 마시던 술 가져오세요."

항상 앉았던 자리에 앉는다.

텅 빈 실내. 여자는 먼저 음악을 튼다. 무의식적으로 주위를 두리번거린다.

"오늘은 손님이 없네요."

"네……"

여자는 지난번 보았던 사내를 생각하고 있다고 느꼈는지 머쓱한 표정을 지으며 대답한다.

여자가 과일을 깎는 동안 술잔에 술을 따라 입술을 적신다.

"뭐가 그리 급하세요."

여자가 과일을 깎으며 힐긋 바라본다.

"오늘은 꼬마 아가씨 안 오는가 봅니다."

"선생님. 우리 시내 좋아하세요."

여자가 과일 깎던 손을 멈추고 바라본다.

"그런 건 아닙니다."

"선생님. 그렇게 안 봤는데……"

여자는 다시 과일을 깎는다.

"이 나이에 좋아하고 안 하고가 있겠어요."

여자가 과일 안주를 만드는 모습을 보며 술잔을 비운다.

음악이 귀에 익숙하게 들릴 때 종소리가 들린다. 긴 숄더백을 들고 폴짝거리며 홀 안으로 들어오는 시내. 시내가 반갑게 바라본다.

"어머, 선생님 오셨어요."

반가운 얼굴로 앞자리에 앉는다.

"나는 사람 아니니?"

여자가 시내를 본다.

"언니 미안해. 하도 반가워서."

"잘 있었나."

술잔에 있는 술을 마시고 시내에게 건넨다.

"선생님께서 널 찾았는데 잘됐다 얘."

여자가 과일을 깎아 담은 접시를 테이블에 올려놓는다.

"언니 술 한 잔 하고 가."

시내가 얼른 술잔을 비우고 술을 따른다.

"엎드려 절 받기네."

여자는 싫지 않은 표정을 하며 술을 받아 마신다.

"선생님 한 잔 하세요."

여자가 술을 마신 잔을 넘긴다. 술잔을 받자 여자는 자리에서 일어나 앞쪽으로 걸어간다.

"선생님. 오늘 술 좀 취해도 돼요."

시내가 심각한 얼굴을 한다.

"좋지 않은 일이라도 있는 거야."

시내의 얼굴 표정을 살핀다.

"사실은 오늘 술 좀 마시고 싶었거든요."

애써 아무렇지 않게 말한다.

"어떤 일이 있었는지는 몰라도 한번 마셔 봐."
술잔을 비워 시내에게 건넨다.
"제 이름이 뭔지 아세요."
시내가 술을 마시려다 도로 내려놓고 말한다.
"글쎄."
"시내에요. 송시내. 나이는 스물셋."
"송시내. 시냇물……"
"시냇물이 아니라 시내."
자기의 이름이 마음에 드는지 술만 취하면 이름을 밝힌다. 시내가 마시려던 술잔을 다시 든다.
"왜 그렇게 빨리 마시나."
한입에 털어 넣는 시내를 바라본다.
"오늘 취하고 싶다 하지 않았어요."
"그래도…… 천천히 마셔. 정말 취하겠다."
시내는 계속 술잔을 받기가 바쁘게 술을 마신다. 저만큼에서 여자가 흘금흘금 바라본다. 양주 한 병이 바닥나자 다시 한 병을 가져온다.
"시내야, 오늘 왜 그러니."
양주를 내려놓고 여자가 말한다.
"언니, 오늘 취하고 싶어서 그래. 딱 오늘만…… 선생님이 오실 줄 알았으면 좀 더 빨리 왔을 텐데."
시내가 벌써 취한 목소리로 말한다. 여자는 시내를 바라보며 걱정하는 척했지만 매상을 생각해서인지 곧 흐뭇한 표정으로 바뀐다.
"얘. 선생님 불편하지 않게 해드려라."
여자가 입구 쪽으로 걸어간다.

"선생님. 저 음악 어때요."

시내는 벌써 취해 있다. 이미 발음도 제대로 되지 않는다. 가끔씩 술병을 든 손이 떨려 술을 쏟는다.

"오늘 너무 취한 거 아냐."

흘린 술을 휴지로 닦는다.

"아직은 안 취했어요. 더 마실래요."

그렇게 말한 시내는 술잔을 빼앗듯 가져가 한입에 털어 넣는다.

"시내 양 이러면 안 돼요."

시내가 쓰러지지 않으려고 두 손을 테이블 위에 올려놓고 겨우 앉아있다.

"선생님. 온 세상이 빙빙 도는 것 같아요."

시내가 어지러운지 가끔씩 도리질한다.

"너무 취했어."

시내의 모습을 바라보며 혼잣말을 한다.

"이봐요."

여자를 부른다.

"시내가 너무 취했어요. 어떻게 하지요."

시내가 쓰러지지 않도록 어깨를 잡는다.

"오늘 선생님이 재워줘야겠어요."

여자는 아무렇지 않게 말한다.

"시내가 살고 있는 집이 어디에 있는지 모릅니까."

"걱정하시지 말고 재워주세요."

여자는 당연한 것처럼 말한다.

시내가 몸을 가누지 못하고 테이블 위에 쓰러진다. 하는 수 없이 시내를 부축하여 밖으로 나온다. 마치 냉동에서 풀린 생선처럼 시내의 몸이 흐느적거린다.

목적지가 없어 택시를 잡을 수도 없고, 그렇다고 집으로 데리고 갈 수는 없는 일이라 생각하며 일단 걸으면서 생각해 보자는 심산으로 집 쪽으로 걷는다.

사람들이 지나칠 때마다 아는 사람이 아닐까 하여 조바심이 생긴다. 살고 있는 원룸 앞까지 와 하는 수 없이 시내를 데리고 원룸으로 올라간다. 집 안으로 들어와 시내를 방바닥에 눕혀놓고 몇 번 깨워 보았지만 이미 잠들어 있는 시내는 끔쩍도 하지 않는다. 시내를 침대에 뉘이고 책상 앞으로 간다.

책을 보다가도 가끔씩 시내의 잠든 모습을 바라본다. 명랑하던 시내 모습이 왠지 서글픈 모습이다. 진한 파운데이션으로 가려진 얼굴이 가까이서 바라보니 나이에 비해 훨씬 늙어 보인다.

시내 곁으로 다가가 짧은 치마 속에 감춰진 스타킹 끝을 찾아 아래로 쓸어내린다. 시내는 무의식적으로 짧은 치마 깃을 잡는다. 스타킹을 벗기자 하얀 다리에 복숭아털 같은 뿌연 솜털이 형광등 불빛을 받아 더욱 부드럽게 느껴진다. 시내가 잠결에도 위기를 느끼는지 자꾸만 두 손으로 치마 깃을 내린다. 이불을 덮어주고 책상 앞으로 간다.

책상 앞에 앉아 가방 안에서 숙이의 편지를 꺼내 읽는다. 숙이의 편지는 몇 번을 반복하여 읽어도 지루하지 않다. 몇 번을 읽고 편지를 다시 접어 봉투에 넣는다. 잠든 시내를 한번 바라보고는 평소대로 창가에 앉아 하늘에 망초꽃처럼 핀 별을 바라보기 위해 불을 끈다. 수많은 별들이 반짝거린다.

별을 보며 향나뭇재 무덤가에 앉아 별을 바라보던 유년의 기억을 떠올려 보다가 불을 켜고 책상 앞에 앉는다.

3

지난번에 보내준 당신의 편지 잘 받아보았어요. 당신이 생각하는 유년의 기억들이 마치 현실처럼 움직이는 것 같았습니다.

동네 어귀에 있는 방죽에서 얼음을 지치던 이야기는 정말 재미있었습니다. 그때의 생각들이 새삼스럽게 떠올랐습니다.

정말 무서움을 많이 타는 아이였습니다. 한동안 그 생각을 하다 지금은 서울에서 사는 형을 생각했습니다. 이일 저일 부산만 떨며 살다가 형제인데도 전화 한 번 제대로 하지 못한 자신이 부끄럽기도 했습니다. 간단한 일인데도 실행하지 못하고 있는 것은 자신의 정서적 불안 때문인 것 같습니다.

세상살이 때문에 도리를 잊어버리는 것이지요. 세상살이를 잘하는지 뒤돌아보면 그렇지도 않은데 말입니다. 오늘은 늦게라도 형에게 전화라도 하렵니다. 갑작스럽게 전화하면 형이 어떻게 생각할지 모르겠어요.

침대 위에는 낯모르는 소녀가 잠을 자고 있습니다. 색색 숨소리를 냅니다. 당신에게 글을 쓰면서도 가끔씩 잠든 소녀를 바라봅니다. 철모르는 소녀가 가엽습니다. 영락없이 나는 오늘 방바닥에서 잠을 자야겠습니다.

당신은 소녀라는 말에 깜짝 놀랄 수도 있겠지만, 이상스럽게 생각하지 마십시오. 오늘 술집에서 같이 술을 마시던 소녀인데 너무 취해 몸을 못 가눠 어쩔 수 없이 집으로 데려왔습니다. 전후 사정이야 다음 기회에 자세히 적어 보내겠습니다. 어린것의 삶이 왜 그렇게 힘들게 보이는지 모르겠습니다. 아마 어제는 어떤 일로 고독했었나 봅니다. 어떻게 보면 가르치고 있는 학생 같기도 했다가 어떻게 보면 없는 딸아이를 보는 것 같습니다. 소녀가 꿈틀거리네요. 어제 마신 술 때문에 속이 쓰린가 봅니다. 가끔씩 앓는 소리도 하네요.

당신은 그해 초봄. 얼음을 지치던 그때의 일을 빠짐없이 기억하고 있네요. 사실은 난 그때 얼음판에 들어가지 않으려고 했었습니다. 당신도 얼음판에 있었고, 다른 아이들도 얼음판 안에서 썰매를 타고 미끄럼을 타며 즐겁게 놀았지만 얼음이 녹아 얼음판 위에 흥건하게 물이 고여 있었기 때문에 무서워서였습니다. 얼음이 깨져 빠지면 얼음판 밑으로 사람이 빨려 들어가기 때문에 나올 수 없다는 어머니의 말이 떠올라 더욱 무서웠습니다.

형은 방죽둑에 서서 노는 아이들을 바라보기만 해 안쓰러웠던지 자꾸만 들어오라 말했습니다. 안된다고 버텼지만 겁쟁이라고 놀리며 내 손을 잡아끌었습니다. 그래서 할 수 없이 얼음판에 들어갔던 것입니다. 아이들과 형은 방죽 한가운데에서 놀고 있었지만 조심스럽게 가장자리만 빙빙 돌았습니다.

얼음 위에 물기가 있었고, 가끔씩 얼음 갈라지는 소리가 싸락눈 내리는 소리처럼 들렸지만 아무렇지도 않았습니다. 얼음판에 들어가지 말라는 어머니의 말이 즐겁게 놀고 있는 아이들을 보자 자꾸만 의식 속에서 사라졌습니다. 아이들이 놀고 있는 방죽 한가운데로 들어갔습니다.

막 물이 흥건히 고여 있는 곳을 자나가려고 하는 순간 얼음판이 쩍하고 소리를 냈습니다. 짧고 잘게 들리는 소리인 실금이 가는 소리와는 직감적으로 달랐습니다. 그와 동시에 무개를 이기지 못한 얼음이 밑으로 꺼지기 시작했습니다.

빨리 얼음판을 빠져나가야 하는데 하면서도 그 자리에 주저앉고 말았습니다. 어디선가 물이 자꾸만 얼음판 위로 흘러나왔습니다. 얼음판 한가운데에 있던 형이 어느새 둑으로 나가 빨리 빠져나오라고 외쳤습니다. 둑에는 언제 나갔는지 즐겁게 놀던 아이들이 다 있었습니다.

당신도 둑에서 동그란 눈을 크게 뜨고 나를 바라보고 있었습니다. 아무리 빠져나가려고 해도 다리가 움직이지 않았습니다. 자꾸만 어머니 말이 떠올랐습니다. 눈을 감고 엉금엉금 기어 나오다가 그만 얼음이 깨져 빠져버렸습니다. 허우적거리며 깨지지 않은 얼음을 잡고 나오려고 해도 자꾸만 얼음이 깨졌습니다. 정신이 없었습니다. 날씨는 추웠지만 추운지도 몰랐습니다. 얼음을 깨며 가장자리까지 나와 겨우 얼음 위로 기어나왔습니다.

너무도 추웠습니다. 형이 얼른 논 가운데로 뛰어가 짚더미에서 짚을 한아름 가져와 불을 피웠습니다. 형은 우선 옷을 벗겨 물기를 짠 다음 나무에 꿰 불가에서 옷을 말렸습니다.

당신은 저만큼에서 옷을 벗은 나를 바라보고 웃음을 터트렸지만 나는 정신이 몽롱했습니다. 그리고 너무 추워 떨고 있었습니다. 그렇게 떨고 있을 때 옷을 말리던 형이 말했습니다.

"너 신발 한 짝은 어디에 있는 거야."

그때서야 정신이 들어 발을 바라보았습니다. 검정 고무신 한 짝이 발에 없었습니다. 더 이상 말 하지 못하고 형과 깨어진 얼음판 위를 번갈아 바라보았습니다. 신발을 건지러 얼음판에 뛰어들 용기가 없었습니다.

"이 병신아. 또 신발이 벗겨진 거야."

사천왕상을 하고 윽박지르는 형을 바라보다가 그만 눈을 감아버렸습니다. 속으로 한 대만 때리면 어머니에게 죄 일러바칠 것이다. 라고 생각하며 말입니다.

한참을 기다려도 주먹이 날아오지 않았습니다. 눈을 떠보니 저만큼에서 형이 웃옷을 벗고 있었습니다. 아이들이 그런 형을 바라보고 있었습니다. 하지만 당신은 형을 바라보지 않고 나를 바라보았습니다. 그때 당신이 바라보던 경멸의 눈빛이 지금도 눈에 선합니다.

형은 그 추운 얼음 구덩이 속으로 들어갔습니다. 얼음 구덩이에서 마치 오리가 자맥질하듯 물속을 오르락내리락하다 검정 고무신을 들고 나왔습니다.

정말 형이 위대해 보였습니다. 고무신을 들고 나오자 아이들이 형에게 박수를 보냈습니다. 당신도 펄쩍펄쩍 뛰며 좋아했지요. 한참 동안 펄쩍펄쩍 뛰던 당신이 다시 바라보았습니다. 가재눈을 뜬 당신의 눈을 바라본 순간 시선을 땅바닥으로 향했습니다. 내 자신이 무척 초라했습니다.

형은 지금도 가끔 명절 때 그때 그 이야기를 하고 웃습니다. 당신은 편지에서 우애가 깊은 형제라고 말했지만 형은 어머니한테 혼날 것이 두려워 어쩔 수 없이 그 추운 물속으로 들어갔답니다.

어찌됐던 형은 그렇게 아끼고 좋아했습니다. 하지만 그런 일들이 형이니까 늘 그렇게 해야 하는 것이다 라고 생각하며 살았습니다. 이렇게 커서 생각해보니 얼마나 소심한 아이였었나 생각해 봅니다.

하지만 어머니 곁에서 빙빙 돌며 살아온 덕에 어머니로부터 많은 이야기를 들었습니다. 여러 가지 말 중에 성인이 되면 어떤 일이든 혼자서 결정하며 세상을 살아가야 한다는 말도 있었습니다. 그땐 늘 그것이 두려웠습니다. 그래서 어머니께 무섭다고 말했습니다. 어머니는 나에게 세상은 두렵지 않고 어렵지도 않다고 말하며 세상은 용기 있는 사람들 것이라고 말했습니다. 하지만 그때 혼자 살아야 한다는 말이 무척 두려웠습니다.

마당에서 혼자 땅따먹기 놀이를 하고 있을 때입니다. 부엌에서 저녁을 준비하고 계시던 어머니가 물 묻은 손으로 내 손을 잡아 일으켰습니다.

집 뒤 대나무숲을 지나 할아버지 묘가 바라보이는 언덕에서 서쪽 하늘을 가리켰습니다. 마치 파리의 에펠탑 모습을 한 전기철탑에 붉은 해가 걸려 있었습니다.

"저기로 똑바로 가면 어딘 줄 아니."

어머니께서 말했습니다.

어머니 얼굴을 똑바로 바라보고 있자 어머니는 그리움이 가득한 얼굴로 말했습니다.

"강이 나온단다. 아주 큰 강이지. 바다와 연결이 되어 있는."

호기심이 생겨 그림책에서 보았던 강과 넓은 바다를 생각하며 어머니의 다음 이야기를 생각했습니다.

"엄마가 어렸을 때 자란 곳이야. 거기엔 배도 있고, 갈매기들이 날아다니며 울어대고, 늘 파도소리가 귓가를 떠나지 않는 곳이란다."

어머니는 그 말을 하고는 계속 서쪽 하늘을 바라보았습니다.

당신 집에서 보았던 바다 이야기가 들어 있는 그림책을 떠올렸습니다. 넓은 바다 위에 배가 떠 있고, 그 주위에 갈매기들이 날아다니는 그 모습이 보이는 듯했습니다.

전기철탑에 매달린 붉은 해가 빠르게 떨어졌습니다. 황톳빛 구릉이 온통 핏빛으로 물들었습니다.

"너도 나처럼 어느 낯선 곳으로 떠나야 되는 거야."

"엄마처럼?"

"그래 이 엄마 곁을 떠나는 거란다. 사람들은 다 그렇게 살아가는 거야. 그리고 울안에만 있지 말고 너도 다른 아이들처럼 친구하고 놀아야 되는 거야."

"어머니 무서워요. 난 어머니 곁을 떠나지 않을래요."

그렇게 말하고 어머니에게 매달렸습니다. 해가 황토구릉 아래로 떨어지고 사위가 어두워졌습니다.

동쪽에서 거짓말처럼 환한 달이 떠올랐습니다. 노랗고 통통한 달이었습니다. 마치 교회 벽에 붙어 있는 액자 속 성인의 후광처럼. 한동안 시간 가는 줄 모르고 달을 구경하다 대나무밭을 건넜습니다.

그때의 어머니 모습이 지금도 떠오릅니다. 무언가 골똘히 생각하는 어머니의 모습을 말입니다. 지금 생각해보니 그때가 외할머니께서 아파 누워계셨던 때였습니다.

당신도 잘 알겁니다. 우리집 대나무숲을 지나면 서쪽으로 펼쳐진 작은 언덕들이 훤히 내다보인다는 것을 말입니다. 그곳에서 놀던 그때가 그립습니다. 노을이 물들면 고추잠자리가 날아드는 대나무 울타리를 당신도 잘 알 것입니다. 그때 당신은 여자답지 않게 무척 씩씩했었죠. 고추잠자리를 잡아 장가보낸다며 대나무 꼬챙이를 꼬리에 끼워 날려 보내던 모습이 눈에 선합니다. 그때 당신의 모습만 바라보고 있자 잠자리 한 마리를 잡아 날려 보라며 주었지요.

아이가 꿈틀거리네요. 이불을 걷어찼습니다. 왜 저렇게 사는지 속이 상합니다. 가르치는 학생들도 집에 들어가지 않고 친구 집에서 방황하는 학생이 예상보다 훨씬 많습니다. 남학생들 대부분은 일주일에 겨우 한두 번 집에서 잔답니다.

요즘 젊은 대학생들은 어떤 생각을 하며 자라는지 모르겠습니다. 확실한 것은 우리가 이해하지 못하는 무엇이 있다는 것입니다. 저러면 안 되는데 하면서도 불쑥불쑥 창의적인 아이디어를 가지고 질문해 오는 것을 보면 무언가 있기는 있는 것 같습니다.

당신은 작은 천사들과 좋은 이야기를 나누며 하루하루를 지내고 있지만 저는 그렇지 못합니다. 학자로서 연구에만 몰두할 수 있다면 얼마나 좋을까요. 현실은 그렇지 못합니다. 당신에게 세세한 이야기를 해주고 싶어도 이해하지 못할 거라 생각되어 더는 말하지 않겠습니다.

창밖을 보니 어둠이 차츰 밀려나고 있습니다. 새벽은 항상 푸른빛이 도는 하늘이었지만 요즘엔 그게 아닙니다. 해양성기후 탓에 일교차가 심해 매일 안개가 피어나고 있습니다. 허연 허공 속에 자꾸만 안개가 짙게 채워집니다. 연주황색 가로등 주위는 어느새 막걸리 색을 하고 있네요. 이제는 조금이라도 눈을 붙여 보겠습니다.

— 은규로부터

"여기가 어딥니까?"

은규가 막 잠들려 할 때 시내가 말한다.

"우리집이야. 걱정 말고 자."

다시 눈을 감는다. 아스라이 고향 하늘에 떠 있던 별들이 보이는 것 같다. 은규는 편안한 잠자리를 원할 때면 항상 고향 동산에서 보았던 밝은 달과 별들을 생각한다. 그렇게 하면 꼭 유년시절로 되돌아가는 느낌이 들었고, 모든 긴장이 풀어지는 것 같았다.

얼마 동안 잠을 자다 인기척을 느껴 눈을 뜬다. 시내가 베란다 창 앞에 서서 밖을 내다보고 있다.

"잘 잤나."

일어나 앉는다.

시내는 미동도 하지 않고 창밖만 바라본다. 침대 위에는 시내를 덮어 주었던 이불이 말끔하게 정리되어 있다.

"선생님. 밖은 온통 안개 바다네요."

시내가 창밖을 바라보며 생각에 잠긴다.

"봄이라 기온차가 심해서 그래."

일어서 나란히 창밖을 바라본다.

"선생님 이곳이 이 아파트에서 가장 높은 곳이죠."

"어떻게 알지."

"느낌이에요."

"느낌."

"전 다른 사람이 느낄 수 없는 느낌이 있어요. 그 느낌이 적중할 때가 많아요."

시내는 안개 속을 바라본다.

"안개를 보면 느낌이 좋아요."

시내는 혼잣말처럼 한다.

"안개와 관련된 이야기라도 있는 건가."

"딱히 이야기가 있는 것은 아니지만, 제가 살던 마을도 이런 봄엔 매일 이렇게 안개가 자욱했어요. 아무것도 보이지 않았죠. 하지만 안개가 걷히면 수평선만 보였어요. 하늘색의 수평선 위에 간간히 배들이 나타났고, 그 배들을 바라보며 유년시절을 보냈어요."

"고향이 어딘데."

"이곳에서 가까운 비응도 알죠. 비응도 말입니다. 지금은 섬이 아니고 육지가 돼 버린 곳이죠. 산이 깎여 형체만 남아있어요. 그 푸르던 산이 지금은 형체뿐입니다. 지난번 오랜만에 고향에 갔더니 차마 눈뜨고 볼 수가 없더군요. 그 아름답던 추억이 전부 사라져 버렸습니다. 선생님 비응도 잘 알죠."

"알지."

슬픈 표정으로 돌아서는 시내의 뒷모습을 바라본다.

"……그곳에 부모님은 다 계신가."

"부모님은 돌아가셨습니다. 아버진 화병으로 돌아가셨고, 어머니께서도 아버지를 뒤따라 얼마 전 화병으로 돌아가셨죠."

"그래. 그럼 가족은 있어."

"오빠가 두 분 계시는데……"

시내는 자기의 속내를 말하기 싫은지 말꼬리를 흐린다.

"그래."

"선생님은 언제 출근하세요."

벽시계를 바라본다. 일곱 시. 이른 시간이지만 평소 같으면 출근할 시간이다.

"……지금요."

"아침을 뭘 해먹지."

망설인다.

"전 걱정하지 말아요. 전 생각이 없어요."

"우리집에 찾아온 숙녀를 그냥 보내면 예의가 아니지."

마땅한 것을 찾다 시내를 바라본다.

"정말 괜찮아요."

"난 아침마다 계란을 반숙해서 먹거든. 어때."

자꾸만 사양하자 간단한 방법을 찾아냈다는 듯 손을 움직인다.

"좋아요."

마지못한 표정으로 말한다.

냉장고에서 계란을 두 개 꺼내 팬에 한 개씩 쏟아 익힌다.

"이리로 앉아."

식탁 의자를 민다.

"선생님이 혼자 사시는 분인 줄 몰랐어요."

의자에 앉는다.

반숙이 된 계란을 접시에 담아 시내 쪽에 밀어놓는다.

"이게 내가 가장 잘하는 요리야."

계란 반숙을 접시에 담고 자리에 앉는다.

시내는 한번 웃어 보이다가 저분으로 계란 반숙을 잘게 조각내 억지로 입에 넣는다. 그런 시내를 바라보다가 보라는 듯 한입에 넣고 우물거린다.

반숙을 다 먹은 은규는 외출복으로 갈아입으며 조금씩 떼어먹고 있는 시내를 바라본다.

"다 먹었어요."

시내가 접시를 싱크대에 넣는다.

"이제 나가지."

집을 나서자 시내도 뒤를 따라 나선다. 엘리베이터에서 내릴 때까지 둘은 한마디도 하지 않는다. 엘리베이터에서 내려 주위를 한 번 훑어본다. 경비가 안개 낀 주차장을 걷다가 은규가 나오는 것을 보고 빠른 걸음으로 다가온다.

"오늘은 안개가 짙습니다."

경비가 은규와 시내를 번갈아 바라본다.

"그렇군요. 이렇게 안개가 낀 것을 보면 오늘 날씨는 좋겠군요."

"그런데 바람이 심해서."

경비는 시내의 표정을 살피며 말한다.

"동생입니다. 어제 저녁에 왔죠."

"그래요. 안녕하십니까."

경비가 넉살좋게 말한다.

"안녕하세요."

잠시 머뭇거리던 시내가 마지못해 대답한다.

경비가 알았다는 듯 고개를 끄덕이고 경비실 쪽으로 발길을 돌리자 시내가 은규를 따라 차에 오른다.

"경비가 별걸 다 참견하시네요."

시동을 켜고 출발하자 시내가 혼잣말을 한다.

"시청에서 정년퇴직을 한 사람인데 매사에 철저한 사람이지."

들으라는 투다.

"전 저쪽 로데오거리에서 내려주세요. 그리고 고마웠어요. 이제 종종 찾아가도 괜찮겠죠."

시내의 표정이 당당하다.

"그건 좀 곤란해. 사람들 눈도 있고……"

"사람들 눈이 겁나나요. 아무 일도 없었는데."

"소문은 엉뚱한 방향으로 흐를 수 있어. 사람들은 자기 생각대로 생각하거든"

"난 그런 거 거추장스러워서 싫어요. 그것도 내 방식인지는 몰라도 말입니다. 여기서 내려줘요."

"로데오거리는 조금 더 가야 하는데."

"갑자기 찾아봐야 할 곳이 생겼어요."

시내는 차에서 내려 손을 한번 흔들고 또각또각 걸어간다.

시내가 안개 속으로 사라질 때까지 차 안에서 뒷모습을 바라본다. 학교 쪽으로 향한다. 안개 속에서 불쑥불쑥 나타나는 도심의 회색 건물들이 가위누르는 느낌이 들곤 한다.

캠퍼스에 들어서자 학교 건물이 안개에 묻혀 어스름하게 보인다. 정문을 지나쳐 인문관 앞으로 가다가 차를 멈춘다. 화합을 상징하는 조형물이 안개에 가려 백용이 서로 여의주를 차지하려고 똬리를 틀고 아우성치는 모습으로 보인다.

차에서 내려 분수대 앞 벤치에 앉아 조형물을 바라본다. 안개가 약한 바람에 쓸려 다녀 조형물이 꿈틀거리는 것 같다.

분수대에서 물은 뿜지 않았지만 안개 때문에 습기에 절은 축축한 느낌을 받는다. 한참 동안 조형물을 바라보다 차로 향한다.

일부러 연구실에서 조금 떨어진 주차장에 차를 주차시키고 안개 속을 걷는다. 여덟 시가 가까운데도 학생들은 보이지 않는다.

산그늘에 가려진 연구실 복도는 어두컴컴하다. 연구실로 들어와 불을 켜지 않고 창밖을 바라본다.

시나브로 밝아오는 창밖을 바라보니 어느새 하얀 목련이 만발해 있다. 한동안 아이와 아내를 생각하며 아내가 좋아했던 목련나무가 있는 집을 생각해본다.

목련이 피는 계절이면 언제나 밝은 모습을 하던 아내, 미국 시간을 어림 계산해보고는 전화를 건다.

한참 동안 신호가 가는데도 수화기를 들지 않는다. 할 수 없이 수화기를 내려놓고 신문을 집어 든다.

눈 주위가 유난히 검고 하나 같이 남루한 복장을 한 아이들이 조그만 손을 벌리고 있다. 지난번에는 카불에 있는 아이들에게도 무엇인가를 주었다. 신문마다 미군이 신발도 신지 않은 아이들에게 무엇을 주는 광경을 왜 싣는 것일까? 생각하다 지난번 학생들이 붙여놓은 대자보를 떠올린다. 전쟁을 반대한다는 글귀보다도 미군을 비난하는 글귀가 더 많았다. 하지만 전쟁이 끝난 지금 시점에선 아무런 언급도 없다. 학생들의 이슈가 어디로 어떻게 터질지 생각해본다.

문을 두드리는 소리가 들려 문 쪽을 바라본다. 이 시간에 올 사람이 없다고 판단하고 잘못 들었다는 생각을 하며 다시 신문을 훑는다. 그때 다시 문소리가 난다.

"들어와요."

문을 바라본다.

"교수님. 아침부터 죄송합니다."

얼굴을 내민 학생은 성현이다.

"성현 군 웬일인가?"

"오늘이 우리 과 MT 날입니다."

"그런데."

"교수님 같이 가시면 안 되겠습니까."

"자네. 오늘 가는데 오늘 말하나?"

"저희들만 가려고 했습니다만 일부 학생들이 교수님을 모시고 가자고 해서……"

"자네들 이런 사진 보지 못했나."

무안해하는 성현에게 신문 전면에 실린 미군의 사진을 보여준다. 성현은 어떤 생각으로 사진을 보여주는지 알아차리고 얼굴을 붉힌다.

"이번은 자네들만 갔다 오게. 그리고 미리미리 말해야 나도 계획을 세울 것이 아닌가."

성현은 잘못을 아는 듯 도망치듯 밖으로 나간다.

한동안 성현이 나간 문을 바라본다. 굳게 닫혀 있는 회색빛 문으로 투명한 빛이 흘러들어온다.

4

이른 아침부터 봄비가 내립니다. 눈부시게 하얗던 목련꽃이 지고 있어요. 벌써 목련나무 아래에는 눈이 온 것 같이 하얗게 목련 꽃잎이 떨어져 있습니다. 이맘때면 아내는 병을 앓습니다. 이국땅에서도 이런 목련꽃을 보고 있을지 생각해봅니다.

그곳 학교에도 목련이 피어있다고 하니 무척 보고 싶었습니다. 하지만 목련꽃이 질 때면 나도 아내처럼 우울합니다. 예전에는 꽃이 지는 것을 아무렇지도 않게 바라보았지만 지는 꽃이 너무도 처절하다는 것을 알았습니다.

작년 요맘때입니다. 우연히 교수 몇 분과 장항에 갔었습니다. 그곳에는 수백 평의 수선화가 피어있었습니다. 너무도 보기 좋았습니다. 감수성이 많은 여교수는 수선화밭 이랑에 쪼그리고 앉아 일어설 줄 몰랐습니다. 너무도 느낌이 좋아 얼마 후 다시 그 수선화밭을 혼자서 가 보았습니다. 수선화꽃이 막 지고 있었습니다. 꽃이 끝에서부터 녹아 없어지는 수선화가 너무도 처절했습니다. 아름다움 뒤에는 처절함이 있었습니다.

눈부시도록 아름다운 인간의 내면에는 고통을 이긴 무엇이 있다고 합니다. 저도 잠시나마 아름다움 뒤에 있는 고통을 생각했습니다. 사람의 삶이 아름다움과 고통이 연속되는 마치 윤회처럼 이어지는 것 같습니다.

처절하게 지고 있는 꽃을 보며 아내의 우울증을 생각해보았습니다. 그럴 만도 하다 싶었습니다. 혹시 당신도 그런 우울증이 있는지 궁금합니다.

바람까지 불어댑니다. 이러다간 목련 꽃잎이 전부 질 것 같습니다. 당신 혹시 이렇게 비가 오고 바람이 불면 동네 사람들이 전부 나가 황토밭에서 고구마순을 심던 일을 기억합니까? 집집마다 비가 오기를 기다렸다가 마르지 않도록 땅굴 속에 넣어두었던 고구마순을 꺼내 심던 기억 말입니다.

어느 날인가 어머니와 우리 육 남매 중 사 형제가 황토 언덕 위에 있는 평전이란 밭으로 고구마순을 심으러 갔습니다.

큰형은 돈을 벌겠다고 도회지로 집을 나간 지 오래되었고, 막내는 아직 어려 일할 나이가 아니었습니다.

봄비가 부슬부슬 내렸지만 비료포대로 만든 비옷을 입었습니다. 비료포대 아래 가운데는 목이 들어갈 구멍을, 양쪽 모서리엔 팔이 들어갈 구멍을 뚫어서 입으면 마치 원피스 같은 비옷이 생깁니다. 엉성하게 만들어진 비옷은 자꾸만 목으로 비가 스며들었습니다.

형들은 밭이랑을 하나씩 차지하고 고구마순을 심었습니다. 저는 형들이 심고 있는 이랑에 고구마순을 놓아주었습니다. 한참 동안

그렇게 놓아주고 있으니 비가 몸으로 새어들어 몸이 무거웠고, 자꾸만 검정 고무신 속으로 황토 흙이 들어가 미끈거렸습니다.

걸음을 뗄 때마다 신발이 벗겨졌습니다. 저는 형들의 신발을 바라보았습니다. 형들의 신발엔 무엇인가가 묶여져 있었습니다. 가까이서 보니 가는 새끼줄이었습니다. 그것을 보자 갑자기 일하기가 싫어졌습니다. 고구마순을 가지런하게 놓다가 대충대충 놓았습니다. 그것을 본 작은형이 일하기 싫어졌다는 것을 알았는지 말했습니다.

"이걸 다 놓으면 황등으로 나가 자장면을 사주겠다."

어머니를 바라보았습니다.

형이 어떤 말을 하든 상관없이 묵묵히 허리를 굽히고 있는 어머니였습니다. 어머니의 보증이 필요하다 느껴 말을 해볼까 망설이다가 다시 고구마순을 가지런히 놓기 시작했습니다. 너무나 허리가 아팠습니다. 그럴수록 신발이 자주 벗겨졌습니다. 한참 동안 말없이 고구마순을 놓으며 자장면을 생각했습니다. 자장면 냄새가 풍겨오는 것 같았습니다. 그럴 때마다 눈을 감고 잠시 서 있었습니다. 김이 모락모락 피어나는 자장면이 눈앞에 아른거렸습니다. 그러다가 문득 뒤를 돌아다보았습니다. 이렇게 심다가는 오늘 하루를 꼬박 심어도 다 못 심을 것 같다는 생각이 들었습니다. 형에게 시간을 물어보았습니다. 그리고 심기 시작한 시간과 이랑수를 셈하여보니 정말로 해 전에 심을 것 같지 않았습니다. 어머니의 보증이 있다면 그나마 믿을 수 있었으나 어머니의 보증도 없는 판에 형 말을 믿고 일할 수는 없는 일이었습니다.

꾀가 나 배가 아프다는 핑계를 댔습니다. 작은형이 꾀병이라는 것을 알았는지 윽박질렀습니다.

어머니가 그때서야 허리를 폈습니다. 어머니의 얼굴을 바라보았습니다. 어머니는 말없이 땀을 훔치고는 다시 허리를 숙였습니다. 순간적으로 안 되겠다 싶었습니다. 밭이랑을 하나하나 건너 둑으로 나갔습니다. 형이 허리를 들어 빤히 바라보았습니다.

밭둑에 쭈그리고 앉아 그동안 심어놓은 고구마순을 바라보았습니다. 바람이 불 때마다 작은 잎이 팔락거렸습니다. 그 소리가 마치 깔깔대며 웃는 소리처럼 들렸습니다.

식구들이 모두 허리를 굽히고 고구마순을 심었습니다. 신발을 벗어 신발 속에 들어 있는 황토 흙을 긁어냈습니다. 발바닥도 풀에 묻어 있는 빗물로 닦았습니다. 신발을 다시 신고 잔솔밭으로 걸어갔습니다. 그때였습니다.

"너 어디 가는 거야."

형이 소리쳤습니다.

화난 형의 얼굴을 생각하며 산속으로 도망쳤습니다. 얼마쯤 도망치다 뒤를 돌아다보았습니다. 형은 따라오지 않았습니다.

얼마 동안 산속을 헤매다 식구들이 저만큼에서 보이는 척박한 황토구릉 다복솔 아래에서 흙장난을 했습니다. 가끔씩 식구들이 고구마순을 심는 모습을 보며 말입니다. 차츰 그것도 싫증이 났습니다. 이제라도 고구마밭으로 갈까 말까 생각해보았습니다만 결국은 그 자리에 주저앉았습니다.

고구마순 심기는 어둑해져도 끝이 나지 않았습니다. 무서워 곧장 형들이 있는 고구마밭으로 뛰어가고 싶었습니다. 한참 동안 그렇게 망설이고 있을 때 어머니께서 허리를 폈습니다. 어머니께서 무어라 말했는지 형들도 일어나 고구마 밭이랑을 넘어 둑으로 나오고 있었습니다. 어머니는 둑에서 허리를 펴고 고구마밭을 한동안 바라보았습니다. 형들도 힘이 드는지 허리를 흔들어 댔습니다.
소나무 그늘에 숨어 있다가 한길로 나왔습니다. 어머니와 형들이 길게 늘어서 밭둑을 걸어 집 쪽으로 갔습니다.
얼마간의 거리를 두고 뒤따라갔습니다. 가끔씩 속력을 늦추면 그 자리에 서서 거리를 유지했습니다.
차츰 어두워지자 걸음을 빨리해 거리는 좁혀졌습니다. 그때였습니다. 앞서 가던 어머니께서 그 자리에 섰습니다. 형들은 어머니를 지나쳐 갔습니다. 어머니에게 달려갈까 말까 망설이며 그 자리에 서 있었습니다. 그때였습니다.
"은규야. 빨리 오렴."
어머니의 가느다란 목소리가 지쳐 있다는 것을 느낄 수 있었지만 그 목소리는 따뜻했습니다. 눈물이 핑 돌았습니다. 눈물을 훔치고 뛰어갔습니다. 어머니는 손을 잡았습니다. 거칠었지만 따뜻했습니다.
"은규야 사람들은 사는 방법이 다 다른 거란다. 어떤 사람은 책상에 앉아 글을 쓰며 사는 사람도 있고, 어떤 사람은 청소하면서. 또 어떤 사람은 장사를 하면서. 이처럼 다양하게 살아가는 거야. 넌 어떻게 살 거야."
어머니는 내 손을 꼭 잡고 걸으며 말했습니다. 형들은 얼마쯤 갔는지 어둠에 묻혀 보이지 않았습니다.
"책상에 앉아 글 쓰며 살래요."
그렇게 말하며 교무실 책상에서 책을 보고 계시던 선생님을 생각했습니다.
"그렇게 하려면 공부를 열심히 해야 하는 거야."
공부를 열심히 해 선생님처럼 돼야겠다고 머릿속으로 생각했습니다.

대나무밭까지 온 어머니는 내 손을 놓고, 왕소나무에 걸려 있는 보름달을 보고 서 있었습니다.

"보름달이 밝지."

한동안 보름달을 바라보고 있던 어머니께서 말했습니다.

"어머니. 아버지도 저 보름달을 보고 계실까요."

철사줄처럼 딱딱한 아버지 수염을 생각했습니다.

아버진 술 마시고 들어와 가끔씩 무릎에 앉혀놓고 턱으로 볼을 비볐습니다. 거칠고 따끔거려 아버지의 품을 떠나려 했지만 꼼짝할 수 없었습니다.

"그럴 것이다."

한참만에 어머니는 그렇게 말하고 한숨을 내 쉬었습니다.

아버지께서는 당신의 아버지와 함께 서울 당인리에 있는 발전소로 일하러 가셨을 때입니다.

아버지는 공사현장을 따라 외지로 돌아다녔습니다. 일 년에 겨우 두세 달 정도만 집에서 지내셨습니다. 아버지가 계시던 때는 항상 일이 없는 겨울이었어요. 겨울 한철만 집에서 계셨죠.

당신 아버지도 우리 아버지처럼 그랬을 겁니다. 그 한철 동안 대바구니를 만들었지만 거의 매일 술에 절어 사셨습니다.

만취되어 돌아오신 아버진 매일 같이 형들에게 공부 잘하라며 혼을 냈습니다. 아버지께서 오실 시간이 되면 식구들은 일부러 잠을 잤습니다.

형들이 그러대요. 아버진 잠든 나를 자기 무릎에 뉘어놓고 백동전을 손에 쥐어주곤 했다고요. 공부를 잘한다고 그랬답니다.

그때 어머니께서 바라보시던 보름달이 교회당에서 보았던 성인의 머리에 그려진 후광 같다는 생각을 했습니다.

당신도 보았을 것입니다. 교회 예배당으로 들어서 신발을 벗고 고개를 들면 정면으로 보였던 그 성화 말입니다.

집으로 돌아오자 형들은 내 얼굴과 어머니의 얼굴을 번갈아 바라보았습니다. 어머니한테 혼이 났을 거라는 상상에서입니다.

어머니는 말없이 부엌으로 들어가셨습니다. 형들이 무서워 어머니를 따라 부엌으로 들어갔습니다.

어머니께서 지펴놓은 불 속으로 삭정이를 잘라 던져 넣었습니다. 붉고 노란 불이 컴컴한 부엌을 비췄습니다. 어머니께서 저녁을 준비하는 내내 불을 때 주었습니다. 비에 젖어 있던 옷이 마르며 김이 피어올랐습니다. 어머니께선 옷을 갈아입고 나오라 말했지만 어머니 말씀을 듣지 않았습니다. 그때 어머니는 가끔씩 내 얼굴을 바라보며 미소를 지었습니다.

밥 뜸을 들인 어머니께선 흰 사기종발에 아버지 밥을 먼저 떠놓았습니다. 어머니는 항상 그랬습니다.

한번은 아버지께서 오시지도 않는데 밥을 왜 퍼놓느냐고 말했습니다. 어머니께선 오늘 오실지도 모르니 이렇게 준비해두어야 한다고 말했습니다. 그땐 어머니께서 말하시는 내용을 전혀 이해할 수 없었지만 이제야 조금 이해할 것 같습니다.

당신도 저 같은 추억이 있을 겁니다. 우리는 똑같은 시대에 살았고, 또 같은 처지였으니까요.

그날 저녁 컴컴한 방안에서 식구들이 둘러앉아 저녁을 먹었습니다. 동생도 있었지만 저는 어머니 옆에서 밥을 먹었습니다.

가끔씩 동생이 질투가 생기는지 칭얼댔지만 어머니는 아무렇지 않게 대했습니다. 그때의 일이 눈에 선합니다.

지금은 형들도 다 뿔뿔이 흩어져 살고 있지만 그땐 꼭 둥지 안의 제비 새끼들처럼 살았습니다.

자꾸만 유년시절의 추억들이 사라집니다. 무언가 있을 것 같은데 찾아보면 생각이 나지 않아요. 당신도 재미있는 이야기가 생각나면 보내주세요.

— 은규가

얼마 전에 개통된 산업도로를 달린다. 자정이 지나면 차량 흐름이 뜸하여 시원하게 속력을 낼 수 있어 울적하거나 답답할 때 가끔씩 달리는 길이다.

활짝 핀 달맞이꽃 같은 둥근 달이 아무리 빨리 달려도 눈앞에 있다. 십 분 정도 달리니 비응도가 보인다.

밤에 보이는 산의 색깔이 검다기보다는 녹색이 너무나 짙어 검게 보일 뿐이라고 생각한다. 꽤 큰 섬이었는데 지금은 바위산 위에 소나무 몇 그루가 고작이다. 어두웠지만 달빛에 어스름하게 보이는 비응도는 마치 벌판 위에 있는 작은 야산 같다.

평소 같으면 지나쳐야 할 길을 시내가 생각나 차를 멈춘다. 방파재용으로 쓸 콘크리트 구조물인 테트라포트가 섬 주위에 야적되어 있고, 마치 수인번호처럼 번호가 새겨져있다. 얼마 후면 거센 파도가 밀려오는 안벽 끝에서 수인된 사람처럼 파도를 맞으며 부대낄 것들이다.

테트라포트가 둘러 쌓여 있는 인도에 쭈그리고 앉아 언덕 위 몇 그루의 소나무를 바라보며 담배를 피워 문다. 푸른 담배 연기가 여운을 남기며 어둠 속으로 사라진다. 차 안에서 볼 때와는 영 딴판인 콘크리트 구조물인 테트라포트는 한쪽 날개가 어른 키보다 크다.

섬이 없어지고 산업단지가 조성되자 많은 사람들이 보상을 받고 육지로 나갔다. 섬에서 살다가 갑자기 큰돈을 보상받은 순박한 섬마을 사람들 대다수가 육지 사람들에게 사기를 당했고, 일부는 사업한다고 여기저기에 투자하다가 모두 탕진하였다는 소문이 꼬리를 물었다.

그때 그 섬으로 차를 팔러간 어느 세일즈맨은 최고급 승용차 십여 대를 한꺼번에 팔았다고 싱글벙글했다. 그런 한복판에 시내가 있었다는 것만으로도 과거가 상상이 갔다. 담배를 다 피우고 다시 차에 오른다.

똑바로 달리면 비응도 방파제이고, 방파제 뒤에는 육중하게 큰 풍력발전기가 설치되어 있다. 방파제 아래에 차를 주차시키고 방파제로 올라가 코발트색으로 물든 바다를 바라본다. 바다와 그 위의 하늘은 색깔의 명암에만 차이가 있을 뿐 퍼렇게 멍이든 색깔이다.

새벽까지 테트라포트 위에 앉아 시시각각으로 변하는 바다를 바라본다. 새벽 바다가 어쩌면 자신의 앞날 같다고 생각해본다.

새벽 바다는 수평선과 하늘의 경계가 보이지 않는다. 시간이 지남에 따라 시나브로 약한 바람과 함께 동이 터오며 바다 안개가 우윳빛으로 끓는 수평선이 보인다.

바다 안개가 피어오르고 미풍이 불기 시작하자 그곳을 빠져나온다. 차를 달리며 방금 전에 앉아서 새벽을 맞던 테트라포트를 생각한다. 테트라포트가 마치 세상에 수인된 사람처럼 살아가는 자신의 모습과 흡사하다고 생각한다.

엘리베이터에서 내리자 누군가 문 앞에서 쭈그리고 앉아 있는 것이 보인다. 놀라며 무릎에 얼굴을 묻은 여자를 가까이 다가가 바라본다. 긴 머리가 어깨에 흩어져있다. 분명 시내다.

"여기서 뭐 하나."

시내가 고개를 들고 바라본다. 직감적으로 울고 있었다는 것을 느낄 수 있다.

"왜 그래."

일으켜 세운다.

"선생님. 미안해요."

시내가 달려든다.

"술을 많이 마셨구나. 들어가자."

아파트 문을 연다. 시내는 오래 쭈그리고 앉아서인지 비틀거리며 안으로 들어와 소파에 기대앉는다.

"모딜리아니에서 무슨 일이 있었나."

시내를 살핀다.

"아무 일도 없었어요. 이렇게 산다는 것이 슬퍼서죠."

눈물 젖은 눈으로 바라본다.

"슬프다니."

일부러 아무렇지 않게 말한다.

"선생님도 생각해보세요. 이렇게 사는 것이 얼마나 추한 삶인지."

시내의 모습이 진지하다.

"난 시내가 사는 것이 부러웠는데."

윗옷을 벗어 옷걸이에 건다.

"선생님 절 놀리지 마세요."

시내는 얼굴을 붉힌다.

"정말이야."

"선생님. 저는 왜 이렇게 사는 거지요."

말은 그렇게 하지만 자신을 이해하고 있다는 것을 알고 있는지 진지한 표정이다.

"난 오늘 시내가 살았다는 비응도에 다녀왔어."

시내의 표정을 살핀다.

"정말요."

환한 얼굴로 은규를 바라본다.

"어땠어요."

다가앉는다.

"이제 섬이 아니어서……"

환한 얼굴이 사라지고 마치 소나기를 퍼부으려는 날씨처럼 어둡다.

"내가 괜한 말을 했나."

"아니에요."

"육지가 되기 전에 가본 적이 있는데 그땐 정말 아름다운 섬이었어."

섬에 소나무가 우거지고, 갯바위에 파도가 부딪쳐 거품을 일으키는 비응도를 생각했지.

"정말 그랬어요."

추억을 생각하는 듯 창밖을 바라본다.

"비응도에 살았던 주민들에게 정부에서 충분한 보상을 해주었다던데."

"그랬었어요. 그 때문에 저도 이렇게 되었고요."

"그 때문에."

"우리집엔 배가 있었어요. 근해에서 고기를 잡는 배였지만 꽤 큰 배였지요. 선생님도 아실 겁니다. 유자망배 말입니다."

"알지."

비응도 마을 앞에 늘어서 있던 배를 떠올린다.

"그 배를 아버지와 오빠들이 부렸어요. 정부에서는 배가 있는 집에 보상을 많이 해주었고요."

"보상금을 많이 받았겠네."

"오빠들 몫까지 보상을 받았으니까요. 돈이 생기니 욕심이 생기더라고요. 저는 오빠들하고 다른 형제입니다. 어머니가 저를 데리고 아버지한테 시집을 간 겁니다."

"그랬었나."

진지한 시내를 바라본다.

시내는 마치 혼자만 알고 있어야 할 비밀을 털어놓는 사람처럼 가끔씩 표정을 살핀다.

"제가 알기로는 선산까지 합하여 십억 가까운 돈을 보상받았어요. 돈이 나오자 아버지마저 다른 사람으로 변해버리더군요."

"어떻게."

"돈을 받자 군산으로 나왔죠. 군산으로 나와 아들들에게는 아파트 한 채씩을 사주더군요. 돈도 나누어 주고 말입니다. 어머니에게는 한 푼도 없었습니다. 어머니가 왜 한 푼도 내놓지 않느냐고 말하니 같이 살 사람인데 무슨 돈이 필요하느냐 말했습니다. 아버지가 변해갔습니다. 날마다 술로 세월을 보냈습니다. 일 년도 되지 않아 사업을 시작한 장남이 자기 몫의 돈을 모두 탕진해버렸고, 뒤이어 둘째 오빠도 사기를 당했다며 집까지 날렸습니다. 그렇게 되자 술만 마시고 다니던 아버지가 어떻게 해서든 장남의 사업은 살려야 한다고 있는 돈 없는 돈 다 끌어다 부도를 막았습니다. 그러나 그게 잘되겠어요. 갯가에 나가 조개 잡고 배 타고 고기잡이만 했던 사람이 사업을 어떻게 하겠습니까. 얼마 지나지 않아 다 탕진해버린 겁니다. 그렇게 되자 아버진 비응도를 매일 찾아갔습니다. 그러던 어느 날 비응도에 남아 있는 소나무에 목을 매 자살해버렸습니다. 오빠들 둘은 채권자들 때문에 어디론지 도망쳐버렸고요."

"그럼 어머니는 어떻게 되었나."

"어머니도 아버지가 죽고 일 년도 되지 않아 화병으로 죽었어요."

"그럼 시내는 어떻게 살고 있지."

"경암동 원룸에서 혼자 살고 있어요."

"그래."

"어떻게 살겠어요. 마땅히 할 일도 없고. 어머니께서 돌아가시기 전에 친아버지가 살아 계시다고 했어요. 경암동에 살고 계시다고 했는데 찾을 길이 없습니다. 얼굴도 모르는 아버지와 스쳐 지나가기라도 해보려고 그곳에 거처를 정한 것이지요."

시내는 다시 창가로 걸어간다.

"선생님. 참 이상해요. 새벽에 하늘을 보고 있으면 누구엔가 죽도록 두들겨 맞아 멍이든 것 같은 색이거든요. 선생님 한번 보세요. 저기 저 퍼런 하늘을 말입니다."

새벽하늘을 바라본다.

"새벽하늘은 늘 그래."

깊은 생각에 잠겨 있는 시내의 뒷모습을 바라본다.

"선생님도 아시는군요."

"이젠 자자. 시내는 침대 위에서 자라고."

바닥에 이불을 깐다.

"선생님부터 주무세요. 전 나중에 자겠어요."

창가에 서서 무엇을 생각하는지 창밖을 바라본다. 눈을 감는다. 아스라이 유년시절의 추억들이 눈앞에 펼쳐진다. 약한 바람에 대숲이 흔들리며 사각거린다. 시내는 미동도 하지 않고 창밖을 바라본다.

잠결에 누군가가 옆에 있다는 느낌을 받아 눈을 뜬다. 부드러운 살결이 만져지자 놀라 일어나 앉는다. 시내다.

"선생님. 같이 자면 안 되나요. 무서워서요."

이불을 부스럭대자 시내가 잠에 취한 목소리로 말한다.

"난 옆에 누가 있으면 잠을 못자."

"선생님."

시내가 달려든다. 시내의 숨소리가 거칠다는 것을 느낄 수 있다.

"시내야, 잠깐만."

자리에서 일어나 창가로 간다. 시내가 무안한지 고개를 숙이고 앉아있다. 한참 동안 창밖을 바라보고 있다 시내 곁으로 다가간다.

"시내 맘을 알 것도 같은데 너와는 나이 차이도 많고…… 내가 불편하다."

"선생님. 미안해요. 하지만 난 선생님을 사랑하는 것 같아요. 어떤 땐 아버지 같기도 하고요. 그러면 안 되나요."

"사랑하는 것은 마음에 달렸지만 이성 간의 사랑은 아니라고 생각해. 이건 진심이야."

"제가 이렇게 한다고 해서 헤픈 여자로 생각하면 안돼요."

"내 말뜻은 그런 것이 아니야."

"고마워요."

"그럼 침대 위에서 자는 거야. 알았지."

시내의 손을 잡고 일으켜 세운다. 시내는 손에 이끌려 침대 위로 올라가 눕는다.

"잘 자."

창가로가 창밖을 바라본다. 벌써 뿌옇게 아침 안개가 깔려있다. 한동안 자꾸만 깊어지는 안개를 바라보다 책상 앞에 앉아 잠시 눈을 감는다.

시내를 바라보고 있으면 언젠가 성인이 되어 나타난 숙이 모습하고 어쩌면 그렇게 닮았는지 그때의 숙이로 착각할 정도다. 긴 머리에 칠흑같은 머리색. 적당한 키. 갸름한 계란형 얼굴에 오뚝한 코며, 쌍까풀이 유난히 깊고, 위로 치켜세워진 당나귀 귀까지. 숙이를 생각을 하다 시내를 바라본다. 침대 위에 있는 시내는 엎드린 채 잠이 들어있다. 시내 곁으로 다가가 이불을 덮어주고 다시 의자에 앉는다.

학생들 중 상당수의 여학생들이 술집으로 아르바이트를 나간다고 한다. 그런 술집을 잘 알고 있다며 기회 있을 때마다 같이 가자고 말하던 서 교수의 얼굴이 떠오른다. 유난히 붉은 얼굴을 한 서 교수가 술과 여자를 좋아한다는 것을 알고 있어 그럴 때마다 일부러 자리를 피했다. 서 교수가 제안했던 술자리가 학장과 연관이 있다는 것쯤은 알 수 있었지만 그렇게까지 하여 학장과 화해를 하고 친하게 지내는 것이 싫었다.

차츰 아침이 밝아온다. 안개 속이지만 새벽 창은 눈부시다. 책상 앞에 앉아 뿌옇게 밝아오는 아침을 바라본다.

시내의 고른 숨소리가 평화롭다. 출근하려고 몇 번 깨우려다가 평화롭게 자고 있는 모습을 보고 그만둔다. 자꾸만 시간이 지나가자 열쇠 꾸러미에서 아파트 키를 꺼내 메모지와 함께 머리맡에 놓아두고 집을 나선다.

공원에서 날아온 비둘기들이 주차장을 맴돈다. 경비실 경비가 먹이를 주곤 해서 그런지 비둘기들은 사람을 무서워하지 않고 익숙하게 모이를 찾아다닌다. 차에 키를 꼽자 경비가 달려온다.

"어제 여동생 보지 못했어요. 찾아왔었는데."

경비는 표정을 살피며 말한다.

"네. 보았습니다."

그렇게 잘라 말하고 차에 오른다.

학교로 가는 내내 경비의 눈초리가 마음에 걸린다.

하루의 일과처럼 책상 앞에 앉아 숙이에게 편지를 쓴다. 유년시절을 생각하게 하는 숙이에게 편지를 쓸 때가 가장 편안하다.

5

편지를 쓴다는 것은 너무도 행복한 일입니다. 이렇게 유년의 기억을 떠올리며 당신에게 편지를 쓰는 내가 정말 행운아라고 생각했습니다.

지난번 당신의 편지를 받고 당신도 나름대로의 고통이 있고, 어려움이 있다는 것을 알았습니다.

인간은 다 그런가 봅니다. 걱정이 없을 것 같은 사람도 알고 보면 고민이 있습니다. 그 고민의 깊이와 종류가 다를 뿐입니다. 당신이 처해 있는 어려운 상황들을 현명하게 극복하리라 생각됩니다.

요즘 시내라는 아가씨와 종종 데이트를 합니다. 풋 냄새가 물씬 물씬 풍겨나는 시내는 마음속에 있는 이야기들을 거침없이 쏟아 냅니다. 상대방을 상관하지 않고 말입니다.

당신도 잘 알다시피 요즘 세대 아이들이 다 그렇지요. 그런 아이

들을 대하고 처음에는 괘심하기도 했지만 생각해보니 장점이 더 많아 보였습니다.

당신 집에서 행해졌던 겨우살이 이야기는 정말 재미있었습니다. 군고구마를 팔러 익산시까지 다녔다니 정말 믿기지 않았습니다.

황토 언덕에 둘러 쌓여 있는 우리 동네는 땅이 척박하여 그렇게들 살았나 봅니다. 겨우살이 내내 어떤 일을 하며 말입니다.

우리 앞집 광덕이네는 뭘 했는지 압니까. 당신도 깜짝 놀랄 겁니다. 넝마주이를 했답니다. 큰 망태기를 뒤에 메고 다니던 그 넝마주이 말입니다.

우리집은 겨울에서 봄까지 아버지께서 대나무로 소쿠리와 삼태기를 만들었습니다. 겨울철엔 공사판이 쉬기 때문입니다. 방 두 칸이 온통 대나무 부스러기였죠. 철이 없던 그때 항상 불만이었습니다.

동화책을 들고 대나무 부스러기가 없는 곳을 찾아다녔습니다. 하지만 앉을 만한 공간이 없었습니다.

형들과 동생은 마을로 놀러 나갔고, 집엔 아버지와 어머니 그리고 저만 남아있었습니다.

어머니는 아버지가 하는 일에 심부름을 하였습니다. 가끔씩 어머니를 바라보면 어머닌 말없이 소쿠리가 만들어져가는 모습을 바라보았습니다. 그 모습은 지금 생각해보아도 항상 수심에 차 있는 모습이었습니다.

아버지는 가끔씩 긴 대나무를 쪼개려고 문을 열었습니다. 그럴때면 겨울 한기가 방안으로 들어와 추웠습니다. 철이 없던 저는 속으로 아버지께서 밖에 나가 일을 하면 춥지 않을 텐데 하고 생각해보기도 했습니다.

아버지의 무딘 대나무 칼에 쪼개지는 대나무 소리가 빳빳한 종이를 찢는 소리처럼 들렸습니다.

아버지는 대나무를 길고 잘게 쪼갠 다음 다듬어 보름달 모양을 한 채반과 옥수수빵 같은 소쿠리를 만들고, 삼태기를 만들었습니다. 어머니는 사나흘에 한 번씩 아버지가 만들어 놓은 대나무 세공품들을 머리에 이고 나갔습니다. 삼사십여 개의 죽세공품을 머리에 인 어머니의 머리가 먼 민둥산 같았습니다.

저는 늘 어머니가 나서는 행상길을 따라 대나무 울타리까지 배웅을 하였습니다. 더 따라 가고 싶었지만 어머닌 밖이 춥다고 말하며 따라오지 못하게 하였습니다. 그럴 때면 그곳 언덕에 서서 멀어져 가는 어머니를 바라보았습니다. 가끔씩 어머니는 뒤를 돌아보시고 빨리 집으로 들어가라 손짓을 했습니다. 아무리 추워도 어머니가 신작로를 벗어나 숲에 가려 보이지 않을 때까지 그 자리에 서 있었습니다. 지난번 당신께 편지로 알려주었던 그곳에서 말입니다.

어머니가 보이지 않으면 갑자기 추웠습니다. 언 손을 호주머니에 쑤셔 넣고 집으로 돌아와 한동안 방구석에 쭈그리고 앉아 있기만 했습니다.

아버진 그런 저에게 조금만 기다리면 어머니가 온다고 말했지만 항상 돌아오지 않을 수도 있다는 생각 때문에 걱정이 되었습니다.

여러 가지 상상을 했습니다. 어머니가 돌아오지 않고 형제들이 뿔뿔이 흩어져 누군가에 입양되어 살아가는 모습도 그려 보았습니다. 무서웠습니다. 그렇게 여러 잡생각을 하며 방구석에 쭈그리고 앉아 있다가 오후가 되면 다시 어머니께서 오실 그곳으로 달려갔습니다.

그곳에서 어머니께서 돌아오실 신작로를 바라보았습니다. 아무도 보이지 않는 하얀 신작로에 가끔씩 뿌연 먼지를 일으키며 차들이 지나갔습니다.

아무리 기다려도 어머닌 저녁나절이 돼야만 오셨습니다. 그곳에 쭈그리고 앉아 동네 아이들의 이름과 동화책에서 읽었던 이야기를 써보고 또 지우기를 반복했습니다.

가끔씩 대나무숲이 바람에 부대끼며 울어댔습니다. 어떤 땐 이슬비가 오는 소리처럼 사르륵사르륵 소리가 났고, 어떤 땐 소나기 오는 소리가 들리기도 했습니다. 그럴 때면 몸이 으스스 떨렸습니다.

어둑해질 무렵엔 언덕 저쪽에서 대나무숲으로 비둘기들이 날아들었습니다. 참새들도 짹짹 조잘거리며 머리 위에서 뒤척였습니다. 참새 소리가 그치고 비둘기의 구구 소리가 간간히 들릴 때 시나브로 어두워오는 언덕 아래 신작로를 바라보았습니다. 어머니가 올 시간이라는 것을 직감적으로 느꼈기 때문입니다.

연한 잿빛으로 물들이던 저녁이 시나브로 먹물색으로 변해갈 무렵 신작로에서 흰 깃발 같은 것이 펄럭거리며 다가오고 있었습니다. 분명 어머니입니다.

어스름했지만 어머니의 모습은 금방 알 수 있었습니다. 눈을 비비고 어둠을 뚫고 다가오는 어머니의 발걸음을 보았습니다. 어떤 땐 공중에 떠 있는 것 같은 어머니의 발걸음을 말입니다.

어머니가 막 언덕으로 오르면 신작로 길은 어느새 어둠에 묻혀 보이지 않았습니다. 그때서야 달려 나갔습니다. 어머니는 안아주며 뭐하려 나왔냐며 책망 같은 빈 말을 했습니다. 그때 한동안 어머니의 얼굴을 바라봅니다. 어머니의 얼굴은 피곤해 보였지만 미소가 있었습니다. 어머니는 서걱서걱 매끄럽지 못한 손으로 제 볼을 만졌습니다. 매끄럽지 못한 어머니의 손이지만 너무도 따뜻했습니다.

한동안 저를 바라보시던 어머니는 흰 종이봉투에서 이미 식어버린 찐빵을 한 개 꺼내 손에 쥐어주었죠. 낮에 나온 하얀 달처럼 부드럽게 부풀어 있는 찐빵을 한입 베어 물고는 어머니를 바라보니 입안에 있는 찐빵이 마치 어머니 입속에 들어 있는 것처럼 어머니는 포만감이 있어 보였습니다.

어머니의 손을 잡고 집에 도착할 때까지 한 개의 찐빵을 다 먹었습니다. 그리고 집에 도착하여 형들과 똑같이 다시 한 개를 배분을 받아 또 먹었습니다.

형들이 의심에 찬 눈길로 바라보았지만 시치미를 뚝 떼고 꾸역꾸역 다시 한 개의 찐빵을 다 먹습니다.

어머니는 우리 형제들이 정신없이 먹고 있는 모습을 바라보기만 하였습니다. 그때 우린 누구하나 어머니께 드셔 보라고 말하지 않았습니다.

그때 어머니는 찐빵을 좋아하지 않나 생각했고, 어머니는 그렇게 하는 것이 당연한 거라는 철모르는 생각을 했습니다.

당신은 모를 것입니다. 어두컴컴한 등잔불 밑에서 하얀 달덩이 같은 찐빵을 하나씩 들고 먹는 맛을 말입니다. 찐빵에는 밀가루 냄새도 있지만 약한 막걸리 냄새가 있습니다. 노란 주전자에 담긴 그 막걸리 말입니다.

당신도 당신 아버지가 술을 좋아해 술 냄새에 익숙할 겁니다만 그 냄새가 찐빵 속에도 있다는 것을 알지 모르겠습니다.

어머니께서 행상을 마치고 돌아오신 어느 날입니다. 우리 형제들은 어머니가 차려준 저녁상을 받았습니다. 상을 가운데 두고 식구들이 늦은 저녁을 먹고 있었습니다. 어머니 옆에 앉아 밥을 먹다가 수저를 들고 우리들의 모습을 바라보기만 하는 어머니를 보았습니다. 어린 나이였지만 어머니의 얼굴은 너무도 지쳐 보였습니다.

"어머니. 진지 잡수셔야지요."

그렇게 말하고 수저를 상위에 놓았습니다. 어머니께서 드시지 않으면 밥을 먹지 않겠다는 뜻이었습니다.

어머니께선 깊은 한숨을 내쉬었습니다. 그리고 그날 행상에서 있었던 이야기를 하나하나 말씀하셨습니다.

어머니의 말씀이 진행되는 동안 먼저 형이 상위에 수저를 놓았고, 차츰 눈치를 보며 다른 형들이 수저를 놓았습니다. 어머니의 그때 이야기가 이 나이가 되었어도 생생하게 떠오릅니다. 그때 어머니께선 우리들에게 어렵게 살고 있는 집안 형편을 말하려 했던 것 같습니다.

그날 아침도 거른 어머닌 신새벽에 행상을 나섰습니다. 그날따라 점심때가 다되도록 물건이 팔리지 않아 무거운 짐을 고스란히 이고 다니며 어떤 동네에 도착했답니다. 동네에서 부자로 보이는 집에 짐을 내려놓고 사람을 찾으니 마침 그 집에서는 점심을 먹고 있었답니다. 너무도 배가 고픈 어머니는 몇 번 밥을 달라고 말하고 싶었으나 말이 떨어지지 않아 그 자리에 서 있었고, 인심이 좋은 주인은 어머니를 어떻게 보셨는지 물건을 종류별로 사주고 밥도 먹고 가라고 말했답니다. 배는 고팠지만 우리가 생각나 먹을 수 없어 물만 마시고 나왔답니다.

그 말끝에 인심이 나쁜 집에 들어서면 문전박대를 받기 일쑤이고 개한테 쫓기는 일도 있었다고 하였습니다. 그때 개한테 쫓기는 어머니의 모습을 상상하며 울음을 터트렸습니다. 형들도 어떤 생각을 했는지 고개를 숙였습니다. 그때부터 종종 어머니가 사나운 개에 쫓기는 꿈을 꾸곤 하였습니다.

"괜찮아. 어미가 고생하는 것을 너희들이 얼마만큼은 알아야 할 것 같아 말한 것뿐이야. 너희들은 너희들이 할 일인 공부만 열심히 하면 되는 거야."

그때 어머니께선 형과 동생에게 숟가락을 하나하나 직접 손에 쥐어주셨습니다. 형들도 어머니의 행상이 그때서야 힘들다는 것을 안 것 같았습니다.

저녁을 마친 형들은 책상에 앉아 공부를 했고, 저는 방바닥에 엎드려 동화책을 읽었습니다. 그날 저녁은 형들의 책장 넘기는 소리가 아버지가 대나무를 쪼개는 소리처럼 들렸습니다.

당신도 잘 알고 있죠. 우리 형들이 공부를 못했던 거 말입니다. 항상 그랬듯 그 효과는 며칠 가지 않았습니다. 형들은 다시 자기들의 본업인 노는 일에 몰두했습니다. 어머니께선 늘 형들을 나무랐지만 결과는 매한가지였습니다.

강의시간이 다 되었습니다. 당신이 추구하는 일이 잘되기를 기원합니다.

— 은규

시내한테서 휴대폰이 울린 것은 퇴근 무렵이다.

"선생님. 오늘 시간 있으세요."

당돌하고 또렷한 목소리에 당황하여 듣기만 한다.

"저 모르겠어요."

말이 없자 전화기 저편에서 목소리가 당당하게 흘러나온다.

"글쎄."

시내인줄 알면서 모르는 것처럼 말한다.

"저 시내에요. 시내."

시내는 머뭇거리자 갑갑하다는 투로 말한다.

"그래. 웬일이지."

그때서야 반가운 체한다.

"오늘 시간 있으시냐구요."

시내는 다그치듯 한다.

"……아직은 괜찮은데."

머뭇거리며 겨우 대답한다.

"오늘 제가 저녁을 사려고요."

시내는 말소리의 톤을 낮춰 정중한 태도를 보인다.

"그것 때문이라면 그럴 필요는 없는데."

"선생님이 보고 싶으니 그렇게 말하는 거예요."

"알았어."

시내의 말을 듣고 약속한다.

"그럼 한 시간 후에 아크로폴리스에서 뵈어요."

일방적으로 전화를 끊는다.

시계를 보고는 목련 예식장 뒤에 있는 아크로폴리스를 떠올린다.

아내와 약속장소를 주로 잡았던 레스토랑이다. 입구로 들어서면 플라톤과 아리스토텔레스가 이야기를 하며 걸어 나오는 장면과 계단에 비스듬히 누워 그들을 바라보는 디오게네스. 아내는 늘 미켈란젤로가 그린 그 그림 앞에서 잠시라도 감상하곤 했다.

아크로폴리스에 도착하여 아내가 감상하곤 했던 그림 앞에서 아내가 어떤 생각을 했는지 상상해 본다.

아내는 아마 플라톤을 의중에 넣고 그림을 관찰했을 것이다. 그 당시 아내는 플라톤에 심취해 있었다.

"여기에요."

창가에서 시내가 손을 흔든다.

시내가 앉아 있는 자리로 향하며 계단 밑에 비스듬하게 누워 있는 디오게네스를 상상한다.

"그림이 마음에 드나요."

의자에 앉자 시내가 보았는지 말한다.

"지나치곤 했던 그림이었는데 오늘 보니 이야깃거리가 많아."

"저 그림이 어떤 그림인데요."

관심을 보인다.

"당대의 유명한 철학가지."

"철학가요."

"그런게 있어. 뭘 시킬까."

"선생님 좋아하는 걸로 시키세요."

"이런 곳에 익숙지 않아서 뭐가 뭔지 모르겠어. 시내가 좋아하는 것으로 시켜봐."

메뉴판을 시내에게 건넨다.

시내는 신중하게 생각하며 음식을 시킨다.

창밖을 바라본다. 무표정한 사람들이 지나간다. 지나가는 사람들의 표정을 바라보며 사람들 중 자신이 어느 부류에 속해 있는지 상상해 본다.

"드세요."

창밖을 보며 생각에 잠겨 있는 동안 테이블 위에는 어느새 음식이 차려져 있다.

"선생님. 무슨 생각을 하세요."

포크를 들자 시내가 똑바로 바라본다.

"지나가는 사람들을 바라보았어. 생각 없이."

이곳 창가에 앉아 늘 사람들의 모습을 바라보며 생각에 잠겨 있던 아내를 생각해 본다. 아내는 어떤 생각에 깊이 잠겨 음식이 테이블위에 차려진 후에야 깜짝 놀라는 표정을 하고 포크를 들었다.

"내 취향인데 어떠세요."

시내는 뭔가를 포크로 집어 입에 넣으며 말한다.

"생각보다 괜찮은데."

"선생님. 사모님은 어떤 분이세요."

포크를 내려놓고 바라본다.

"평범한 한국 여자 알지. 그런 여자야."

아내의 모습을 떠올려 본다.

아내는 냉기가 흐를 만큼 조용한 여자였다. 자기의 감정의 기복을 좀처럼 나타내지 않았다. 하지만 아이 문제에 있어서는 그렇지 않았다. 유치원에서부터 대학을 마치고 유학에 이를 때까지 철저하게 계획을 세워 관리했고, 선생님이 바뀔 때마다 학교에 찾아다녔다. 극성에 가까웠다. 아들은 그런 어미를 의지하며 생활했다.

"선생님. 후식을 들어야 하는데 무엇으로 시킬까요."

시내는 은규가 포크를 내려놓자 말한다.

"시내가 좋아하는 걸로."

"선생님은 자신감이 없어 보여요. 왜 그래요."

시내는 수동적인 태도를 보이자 다가앉으며 말한다.

"그런 것이 아니야. 뭐든 다 좋아하니 그러지."

여자들의 취향은 비슷하다. 아내도 후식으로 아이스크림을 시켰고, 시내 역시 아이스크림을 시킨다. 은규는 커피를 시킨다. 커피는 흔하지만 깔끔해서 식사 후 늘 마셔오던 차다.

밖으로 나오자 밖은 이미 어두워져 있고, 서서히 밤안개가 피어오른다. 아크로폴리스를 밖에서 바라보니 이름과 맞게 외부 인테리어가 고대의 모습을 하고 있다.

"선생님. 꽤 괜찮아 보이죠."

시내가 다가선다.

"고풍스러워 이름과 어울리네."

"조금 있으면 안개가 짙어지겠어요."

시내가 부두 쪽을 바라본다. 마치 안개가 바다에서 피어나는 것같이 벌써 부두 쪽은 거리가 뿌옇게 보인다.

"시내가 밥을 샀으니 술을 사야겠네."

시내는 자연스럽게 팔짱을 낀다.

"선생님과 이렇게 걸으니 아빠 같아서 좋아요."

"사람들은 그렇게 생각하지 않을 거야."

떨어져 주었으면 한다.

"선생님은 사람들의 시선이 두려운가요."

"그건 두려워서가 아니지."

"그럼 뭔가요."

"오해의 소지가 있다 그 말이야."

시내는 좀처럼 곁에서 떨어지지 않는다.

"전 사람들의 시선 같은 건 상관하지 않아요."

당돌하게 말하고 더욱 밀착한다.

"다 왔어요."

모딜리아니의 붉은색 간판 등이 보인다. 숨을 죽이고 숨어 있는 장소인 골목에 있는 모딜리아니는 간판의 조명마저 글씨 이면에 숨어 은은하게 보인다.

시내는 마치 자기 집으로 들어가는 사람처럼 폴짝거리며 모딜리아니로 들어간다. 시내를 뒤따른다.

"선생님. 오셨어요."

홀 안쪽 음습한 곳에서 나와 여자가 반갑게 맞이한다.

항상 앉았던 자리로 향한다.

홀 안쪽 맥주잔을 앞에 놓은 사내가 바라본다.

사내의 표정을 살피며 자리에 앉는다. 자리에 앉아 장식거울을 통해 사내를 바라본다.

장식거울 속에는 어디선가 떨어져 나온 사내의 눈 하나가 여자의 움직임에 따라 움직인다.

"선생님. 시내와 저녁은 잘 했어요."

여자가 다가오며 말한다.

"어떻게 알았어요."

"시내와 전 한식구가 아닙니까."

한눈에 알고 있는 여자가 두렵게 느껴진다.

"뭘 그렇게 놀라세요."

여자는 아무렇지 않게 일상처럼 말한다.

"언니. 저쪽으로 가봐. 기다리시잖아."

시내가 술을 들고 서서 사내 쪽을 바라본다.

"내가 좀 앉아있으면 안 되니."

여자가 일어서 한차례 눈을 흘기고는 사내 쪽으로 걸어간다. 취해 있는 여자의 뒷모습을 바라보다 다시 시내를 바라본다.

"오늘 저녁을 같이 한다는 것을 어떻게 알고 있나."

불쾌한 눈으로 시내를 바라본다.

"우린 한식구나 다름없어요. 그래서 언니에게 선생님과 식사를 하고 들어간다고 말했어요. 그리고 언니도 어떤 일이 있으면 저에게는 숨기지 않아요. 그게 나쁜 건가요."

아무렇지 않게 말하고 술을 따른다. 시내가 따라준 술잔을 들고 장식장에 비친 여자와 남자를 번갈아 바라본다. 여자의 얼굴이 분해되어 나타난다. 여자의 입이 얼굴에서 떨어져 나와 혼자 웃고 있다. 사내의 눈은 여자의 얼굴에서 떨어져 나온 새빨간 립스틱을 따라다닌다.

"오늘 언니가 이상한 것 같지 않아요."

사내 쪽을 힐긋힐긋 바라보며 말한다.

"난 모르겠는데."

관심이 없다는 표정을 한다.

"언니가 며칠 전에 외박을 했었는데 맘에 들지 않았대요."

시내는 장난기 어린 얼굴로 바라본다.

"그런 것까지 말하나."

"그럼요. 제가 지난번 선생님 집에서 잔 것도 말했는데요."

아무렇지 않은 듯 일상처럼 말한다.

"어떻게 그런 말까지……"

이런 땐 아무리 솔직하다고는 해도 불쾌하기까지 하다.

그때 만약 어떤 성적인 행동을 했다면 자기들끼리 어떤 이야깃거리를 만들어 냈을까 생각하다 씁쓸한 표정을 지으며 다시 술잔을 든다.

시내는 의미심장한 미소를 보이며 계속 사내 쪽을 힐금거린다.

"지난번엔 모든 것을 아는 사람처럼 하더니……"

지난번 여자가 자신 있게 하던 말을 떠올리며 혼잣말을 한다.

"그러니까 더 불쾌하답니다."

"……경솔하게 사람의 속내를 아는 것처럼 말하는 것이 잘못이지."

여자와 시내의 행동이 불쾌하여 퉁명스럽게 말한다. 시내는 은규의 표정을 살피며 술잔을 든다.

"참. 언니에게 우리 이야기를 어떻게 전했나."

어떤 말을 전했던 다 불쾌하다 생각하고 술잔만 비운다.

"걱정되세요. 아무 일 없이 잠만 자고 나왔다고 말했어요. 그게 전부예요."

"그렇게 말했더니 언니는 믿지 않아요."

시내는 표정을 살피며 말한다.

여자와 시내를 번갈아 바라보며 같은 종족일 수밖에 없다고 생각하고 잔을 든다.

"야. 술 더 따라."

여자가 갑자기 사내한데 큰소리로 말한다.

지금껏 한 번도 보지 못했던 장면이다. 여자는 이미 취해 있고 모든 행동이 낙지처럼 흐물흐물 거린다. 사내의 쩔쩔매는 모습이 마치 피카소 그림처럼 장식거울에 어른거린다.

"뭐야. 지금……"

여자는 술을 따르고 있는 사내에게 큰소리친다.

"언니가 취했어."

시내에게 가보라며 턱으로 가리킨다.

"내버려 둬요."

아무렇지 않다는 표정으로 술잔을 비운다.

"저러다 싸움이라도 하는 거 아냐."

"걱정 말아요. 저런 일이 한두 번이 아니니."

태연하다.

"정말 술 못 마시겠네."

사내가 더는 참지 못하겠는지 위협적인 목소리를 한다.

"그럼 나가면 될 거 아냐."

여자는 아랑곳하지 않고 사내에게 계속 시비를 건다. 사내의 쩔쩔매는 모습이 역력하다.

"시팔. 술 같이 못 마시겠구만."

사내가 주먹으로 테이블을 내려친다.

"부실거야. 한번 부셔보라지."

여자는 계속 사내의 심기를 건드린다.

"이제 다시는 이 집에 오나봐라."

사내는 그 말을 하고 일어선다.

사내가 나가려하자 시내가 카운터로가 나가려는 사내에게 술값을 말한다. 시내의 표정이 섬뜩하고 표독스럽게 보인다.

"밀린 외상값까지 다 받아야 돼."

그렇게 말한 여자가 다시 테이블 위에 꼬꾸라진다.

"외상값까지 받으라는데요."

시내는 엎드려 있는 여자를 바라보고 다시 사내를 바라본다.

"얼맙니까."

신경질 섞인 목소리다.

"그동안까지 이십칠만 원입니다."

"그렇게나 많나."

"이걸 보세요."

시내는 사내가 그동안 마셨던 내용들을 보여준다.

마치 준비하고 있었던 것처럼 거리낌 없는 모습이다. 장부를 확인한 사내는 신경질적으로 돈을 세어 테이블 위에 던진다.

"영수증 드릴까요."

시내가 마치 다시는 보지 않을 사람처럼 사무적이다. 당당하던 사내의 모습은 간데없고 힘 빠진 모습으로 나간다.

"왜 저렇게 보내나."

사내를 보내고 돌아와 자리에 앉는 시내를 바라본다.

"다 언니의 작전입니다."

"작전."

"네 작전요."

그렇게 말하고 잔을 든다.

사내가 나가고 얼마 후 여자가 일어나 주위를 살핀다.

"시내야. 다 받았어?"

여자가 게슴츠레한 눈으로 시내를 바라본다.

"언니. 정말 취한 거 아냐."

"그래 정말 취했어."

여자가 비틀거리며 테이블로 다가온다.

"여기 앉아도 됩니까."

여자가 취중이었지만 애써 정중한 말투를 한다.

"앉아요."

승낙하자 시내는 여자가 앉을 수 있도록 테이블 밑의 의자를 빼준다.

"친하신 분 같았는데, 그렇게 냉정하게 쫓아냅니까."

"사내들은 참 이상한 동물들입니다. 한번 잠을 자면 마치 지 각시나 된 것처럼 말합니다. 그리고 술값도 내지 않으려 하고요. 그래서 혼을 내 준겁니다. 이제 봐요 또 올 것이니."

여자가 그렇게 말했지만 사내가 또 올 것 같지 않다.

"그렇게 될까요. 자존심이라는 게 있는 것인데."

혼잣말을 하고 술잔을 든다.

"남자들은 다릅니다. 오기가 자존심을 잃게 하죠. 두고 보세요."

여자는 자신 있게 말한다.

"선생님 보세요. 다 작전이라 하지 않았습니까."

"작전이라고 말하지 말고, 언니의 노하우라고 말해."

여자는 그렇게 말해놓고 흔들거린다.

술을 같이 마시지만 마음이 착잡하다.

마치 시내와 여자가 짜고 어떤 일을 만들고 또 수습하면서 모딜리아니를 유지해 나가고 있다 생각한다. 어쩌면 자신에게도 사내처럼 그런 부류 속에서 관리해지고 있지나 않는지 생각한다.

모딜리아니를 나오자 도심이 온통 짙은 안개 속이다. 일없이 이곳저곳을 헤맨다. 자신의 가고 있는 현실들이 안개 속 같다 생각을 하며 시내 모퉁이에 있는 소공원 나무벤치에 앉는다.

유년의 기억들이 잔잔한 파도처럼 달려든다. 마음속에 간직하고 있는 또 하나의 이야기를 떠올리며 집으로 향한다.

항상 그랬듯, 숙이에게 편지를 쓸 생각을 하니 머리가 시원해지는 것 같다. 집으로 가는 동안 모딜리아니에서 있었던 사내의 모습이 안개 속에 아른거린다.

사내의 당당하던 모습이 차츰 왜소하고 가냘픈 인상으로 바뀐다.

책상에 앉아 숙이의 편지를 펼쳐본다. 깔끔한 필치와 내용. 잉크냄새를 맡아보고는 다시 접어 봉투에 넣어둔다.

6

당신이 말한 전쟁은 정말 참혹했습니다. 지난번엔 빈 라덴을 잡는다는 이유로 아프가니스탄을 초토화시키고 점령한 미군들이 이번엔 말을 듣지 않는다는 핑계로 석유가 사우디아라비아 다음으로 많이 매장되어 있다는 이라크를 점령했습니다. 전쟁의 기간이 길지 않아 다행이라 생각되지만, 우리도 약소국가로 점령당했던 아픈 역사의 기억이 있어 남 일처럼 보이지 않았습니다.

학생들이 연일 전쟁은 안 된다고 떠들었지만 현재로는 소용없는 일입니다. 하지만 이 지구상 북반구에 있는 대한민국이라는 조그만 나라 젊은이들의 메아리가 분명 이정표로 남겨질 것을 확신합니다. 한갓 나비의 날갯짓도 폭풍우가 만들어진다는 말이 있잖습니까.

유난히 눈이 큰 오육 세 소녀의 얼굴이 자꾸만 눈에 들어옵니다. 소녀의 한쪽 발은 이미 포탄에 날아갔습니다. 안고 있는 아버지의 얼굴은 비참했지만 소녀의 얼굴엔 자기가 어떤 일이 있었는지 영문을 모르는 얼굴이었습니다.

새삼스럽게 소녀의 외짝 신발을 상상해 보았습니다. 영영 찾을 수 없는 한쪽의 신발을 말입니다.

전쟁에 관한 소식들은 마음을 무겁게 합니다. 인간이 저지르는 가장 참혹한 짓이니까요. 당신은 아이들을 품고 있으며 그쪽의 아이들을 상상해 본다지만 저는 한 사람의 아버지로 상상합니다.

오늘은 모처럼 도시에 안개가 가득합니다. 마치 알 수 없는 사람의 미래같이 말입니다. 이곳에 앉아 창밖을 바라보면 뿌연 안개 속입니다. 아무것도 보이지 않아요. 마치 도시가 온통 우유로 채워진 것 같아요.

지난번 편지에서 겨울밤 김장 김치와 함께 고구마를 먹던 이야기가 있어 고구마에 관한 이야기를 하려합니다.

겨울 어느 날입니다. 눈발이 간헐적으로 잘게 날렸습니다. 집에는 나와 동생뿐이었습니다. 지금 아이들은 상상하기 힘든 일이지만, 우리집엔 언제부턴가 먹을 양식이 바닥났습니다. 어머니는 아침에 죽을 쑤어 주었습니다. 죽은 얼마나 빨리 소화가 되는지 점심이 되기 전에 이미 배가 고팠지만, 우리 식구들은 며칠째 점심을 먹지 못했습니다.

저는 동생의 얼굴을 바라보았습니다. 큰 눈이 퀭하니 들어가 있었습니다. 동생은 배고프다고 말했습니다. 대책이 없었습니다. 아버지는 어려운 삶이 괴로운지 주막에서 살았고, 어머니는 어떻게 해서든지 자식들을 굶기지 않으려고 새벽부터 집을 나갔습니다.

무심코 마루에서서 앞에 보이는 언덕을 바라보았습니다. 양지바른 언덕 아래에 고구마굴이 있다는 것을 알고 있었고, 그곳의 소유자가 작은집이라는 것도 알고 있었습니다.

"야. 나 따라와 봐."

방문을 열고 방바닥에 앉아 있는 동생에게 말했습니다.

"왜."

동생은 영문을 몰라 그대로 앉아 대답만 하였습니다. 다시 방으로 들어가 고구마굴에 들어가자는 말을 했습니다. 동생은 두 살이 어리지만 저보다 무서움을 타지 않았습니다.

말을 들은 동생의 얼굴에 생기가 돌았습니다. 그렇게 말했지만 고구마굴이 얼마나 깊을지 모르고, 그 속에는 쥐나 족제비가 살고 있을 수 있고, 굴속이 어두울 거라는 생각 때문에 주저했습니다.

"왜 그래. 먼저 말해놓고."

동생은 빨리 가자고 재촉하였습니다.

"누가 볼지도 모르는데……"

주저하며 말했습니다.

"내가 먼저 들어갈게. 형은 뒤에서 망을 봐. 그리고 이 추운 날에 누가 밖으로 나오겠어."

동생은 두려워하는 얼굴을 보았는지 제법 그럴싸한 논리를 내세웠습니다. 동생이 그렇게 적극적으로 나오자 할 수 없었습니다.

"그럼 망을 볼게. 너부터 들어가야 해."

동생에게서 다짐을 받았습니다.

동생은 그렇게 하겠다고 말했습니다. 형답지 않게 동생의 뒤를 따라 고구마굴 근처로 갔습니다. 동생은 참나무 잎이 말라 바스락거리는 곳에서 기다리라고 말하며 고구마굴로 달려갔습니다. 그곳에 쭈그리고 앉아 동생을 바라보았습니다. 몇 번 안 되겠다고 돌아오라 말하고 싶었지만 용감하게 달려가는 동생 뒤에 대고 차마 말할 수 없었습니다.

고구마굴에 도착한 동생은 나를 한 번 바라보더니 고구마굴 입구를 막아놓은 짚더미 속으로 들어갔습니다. 동생이 눈앞에서 사라지자 걱정이 되었습니다. 자꾸만 겨울바람이 참나무 잎을 흔들었습니다. 바스락거리는 소리가 천둥소리보다 더 크게 들리는 것 같았습니다.

숨을 죽이고 일어나 동생이 했던 것처럼 고구마굴로 뛰어갔습니다. 고구마굴 앞에서 잠시 동안 쭈그리고 앉아 어떻게 할까? 망설였습니다.

갑자기 바람이 더 세게 불었습니다. 추웠습니다. 고구마굴 속에 있는 동생이 걱정되었습니다. 하는 수 없이 눈을 감고 마치 짚단을 주둥이로 헤치며 들어가던 돼지 새끼처럼 짚단 속으로 들어갔습니다.

얼마쯤 들어가자 갑자기 몸이 허공에 떴습니다. 나는 순간적으로 비명을 질렀습니다. 고구마 굴속으로 떨어져 들어간 것입니다.

정신이 혼미했습니다. 주변이 모두 칠흑 같은 어둠이었습니다. 그때였습니다. 키득거리며 웃는 소리가 들렸습니다. 동생이었습니다.

"형. 이리와."

동생은 능청스런 목소리로 말했습니다. 그러나 아직 눈에 보이는 것이 없었습니다.

"아무것도 보이지 않아."

"안으로 들어오라고."

안이 어딘지 밖이 어딘지 알길이 없어 그대로 앉아있었습니다. 그때서야 동생이 다가와 내 손을 잡고 안으로 들어갔습니다.

차츰 눈이 밝아지면서 주위가 보였습니다. 그때서야 고구마 위에 앉아있다는 것을 알았습니다.

고구마를 먹지 않았는데도 배가 불렀습니다. 생각 없이 그 자리에 누웠습니다. 동생의 고구마 먹는 소리가 마치 천장 위에서 무언가를 물어뜯던 쥐 소리처럼 아삭거렸습니다.

“형. 뭐해. 빨리 먹고 나가자.”

동생은 먹어보라며 고구마 한 개를 손에 쥐어 주었습니다. 고구마를 먹으면서도 밖에서 누군가가 나오기를 기다리고 있을 것만 같았습니다.

“형. 여기서 컴컴할 때까지 기다렸다 나가야 돼.”

동생은 아삭아삭 고구마를 씹으며 말했습니다.

“왜.”

“사람들이 볼 수도 있고, 조금은 가져가야지.”

동생의 말이 맞다 싶었지만 왠지 꺼림칙했습니다. 동생의 말대로 고구마를 배불리 먹었습니다. 동생은 어두워졌는지 몇 번 고구마굴 문으로 고개를 내밀고 다시 내려왔습니다. 그럴 때마다 어떠냐고 말했습니다. 자꾸만 찾고 있을 어머니를 떠올려 보았습니다만 동생은 아무렇지 않은 듯했습니다.

“이곳에서 이대로 살았으면 좋겠다.”

배가 부른지 동생은 먹던 고구마를 멀리로 던지며 말했습니다. 동생이 던진 고구마가 굴속 어디엔가 떨어져 둔탁한 소리가 메아리쳐 울렸습니다.

“쥐들이 있을지 몰라.”

누워 있는 동생에게 말했습니다.

“쥐가 무서워?”

동생은 무섭지 않다는 듯 말했습니다.
"물기라도 한다면……"
형이 씨나락 속에 숨어 있는 쥐의 꼬리를 잡자 손등을 물던 쥐를 떠올리며 말했습니다.
"무는 날이면 그 쥐는 내 손에 죽지."
동생은 누워 있는 자세 그대로 당차게 말하며 고구마 한 개를 집어 멀리로 던졌습니다.
동생 옆에 누웠습니다. 습기가 있었지만 춥지는 않았습니다. 동생은 커서 경찰관이 되겠다고 말했습니다. 동생을 바라보며 뭐 하러 경찰관이 되느냐고 말했습니다. 동생은 숨도 쉬지 않고 말했습니다.
"도둑을 잡아야지."
"도둑."
동생에게 되물었습니다.
"그래 도둑."
동생은 제차 대답했습니다.
"우리가 도둑인데."
그렇게 말하며 몸을 움츠렸습니다.
"배가 고파 어쩔 수 없이 도둑질을 하는 사람은 용서해주겠어. 장발장 있잖아 장발장……"
"장발장을 읽어보기나 한 거야."
동생에게 읽어보라며 줄거리를 말해주던 그때의 일을 생각했습니다. 그때 동생은 뭐하려 그런 글을 읽느냐고 책상 밑으로 책을 던졌습니다.
"형이 말했잖아."

어이없어 동생의 얼굴을 바라보고 웃었습니다. 얼마쯤 지나자 동생은 또 굴 문으로 고개를 내밀었습니다.

"형. 이젠 나가도 되겠어."

동생은 그렇게 말하며 윗옷 속에 고구마를 넣기 시작했습니다. 윗옷 속에 고구마로 채워지자 꼭 배부른 맹꽁이 같았습니다.

"형도 넣어. 참. 형은 커서 뭐 될래."

"글 쓰는 사람이 될 거야."

"글 쓰는."

"소설가."

"형이 쓴 소설책은 읽을게."

동생은 그렇게 말하고 고구마를 윗옷 속에 자꾸만 넣었습니다. 내가 멍청하게 동생을 바라보고 있자 동생이 말했습니다.

"빨리 넣어."

동생이 다그치듯 말했습니다. 그때서야 윗옷 속에 고구마를 넣었습니다. 살에 맞닿는 고구마 때문에 섬뜩하도록 살이 시렸지만 참았습니다.

뚱뚱하게 고구마를 넣자 동생이 먼저 굴을 빠져나갔습니다. 동생 뒤를 따라 가는데 자꾸만 뒤에서 뭔가가 잡아당기는 것 같았습니다.

동생은 앞서 가면서도 몇 차례 신발이 벗겨지지 않았느냐고 말했습니다. 그때마다 신발이 신겨져 있는지 발가락으로 확인했습니다.

굴을 빠져나오니 밖은 벌써 어두웠습니다. 형이면서 동생 뒤를 따라 마을 뒤로 돌아 대밭으로 들어갔습니다. 대밭 한가운데로 들어간 동생은 영악스럽게 말했습니다.

"형. 여기다 고구마를 숨겨 둬야 해."

"왜."

동생이 왜 그러는지 몰라 말했습니다.

"정말 몰라서 그래."

동생은 숨을 죽이며 말했습니다.

"그래."

"어머니께서 아시면 우린 죽어."

동생은 대나무 잎으로 고구마를 묻었습니다.

"하지만 이곳에 놓아두면 얼어서 먹지 못할 건데."

동생이 고구마를 묻는 것을 바라보았습니다.

"형. 이곳에 묻어두고 어머니께서 주무시면 나오면 돼. 그리고 다른 형들도 줘야지."

동생은 다른 형까지 생각하고 있었습니다. 어머니와 형들을 떠올리며 동생이 했던 것처럼 대 잎사귀를 모아 덮었습니다.

집으로 돌아오자 어머니께선 동생보다 내 얼굴을 유심히 바라보았습니다. 동생이지만 워낙 개구쟁이라 동생은 거들떠보지도 않았습니다.

"어디서 뭐하다 온 거야."

한참 동안 바라보던 어머니가 말했습니다.

"아랫마을에 갔었어요. 동수네 집에서 찐 고구마도 먹고 하다가 이렇게 됐어요."

머뭇거리자 동생이 거들며 말했습니다.

"그래."

어머니는 의심하면서도 똑똑하게 말하는 동생의 말을 믿는 듯했습니다.

"밥 먹어야지."

어머니는 윗목에 놓여 있는 상을 우리 앞에 놓았습니다. 우린 밥 생각이 없었지만 꾸역꾸역 죽을 먹고 건넌방으로 갔습니다.

건넌방에는 형들이 누워 만화책을 보고 있었습니다. 이근철이 지은 독수리 요새라는 만화였습니다. 만화에는 독일군이 많이 나오는데 항상 악역으로만 나오는 만화입니다. 언젠가 형에게 독일군은 왜 나쁜 사람들로만 나오느냐고 말했었습니다. 하지만 형은 독일군이니까, 라고만 대답했습니다. 이해할 수 없었지만 더는 묻지 않았습니다. 자꾸 말하면 분명 화를 낼게 뻔했기 때문입니다.

동생은 작은형에게 다가가 귓속말로 고구마 있는 곳을 말했습니다. 형은 얼굴이 환해지며 잘 했다고 동생의 머리를 쓰다듬었습니다. 그날 저녁, 밤이 이슥할 즈음 우리 형제는 고구마 파티를 했습니다.

당신은 이런 일이 있었다는 것을 이제야 알았을 것입니다. 하지만 이런 에피소드들이 우리 집안에서는 수도 없이 일어났습니다.

형제는 많고 먹을 것이 없다보니 그랬을 겁니다. 당신도 당신 집에서 있었던 재미있는 에피소드들을 보내주세요.

자꾸만 안개가 짙어 아무것도 보이지 않네요. 멀리로 주황색 가로등 불빛에 안개가 물들어 있군요. 마치 언젠가 아버지 심부름으로 받아오던 주전자 속의 황색 막걸리 같이……

— 안녕. 은규가

출근하자마자 누군가가 문을 두드린다. 들어오라 하자 문을 열고 들어온 사람은 서 교수다.

"요즘 일이 많은 갑소."

서 교수가 소파에 앉으며 능청스럽게 말한다.

"쓸데없는 일들이지요."
그렇게 말하며 서 교수 앞에 앉는다.
"전 워낙 게을러서……"
서 교수는 연구실을 둘러보며 말한다.
"서 교수처럼 부지런한 분이 이 학교에 또 있습니까."
학장 편에 서서 동분서주 움직이는 서 교수를 바라보며 말한다.
"연구를 게을리한다는 거죠."
서 교수는 딴청을 떤다.
그런 서 교수의 성격을 잘 아는 터라 서 교수가 어떤 말을 할지 상상해 본다.
"차 한 잔 하시죠. 커피? 녹차?"
서 교수가 본말을 하지 않고 뜸을 들이자 포트에 전기 코드를 꽂는다.
"커피가 좋겠습니다."
서 교수는 책장을 살피다 한곳에 눈이 멈춘다. 서 교수의 눈이 멈춘 곳은 논문집들이 꼽혀 있는 책장이다.
"논문집이 많습니다."
"외국 논문들이 많은데 몇 가지는 필요를 느껴 번역을 해보려고 합니다."
"그렇습니까."
서 교수는 버릇처럼 놀라는 표정을 한다.
"요즘 학교 돌아가는 상황을 모르겠습니다. 어떻습니까."
서 교수의 의중을 살피며 말한다.
"교수들의 의견이 일사분란하게 모아져야 하는데……"
서 교수는 말꼬리를 감추며 표정을 살핀다.

"지금 정도면 일사분란한 편 아닙니까."

서 교수의 표정의 변화를 바라본다.

"교수들의 뜻이 만장일치로 모아져야 이사장이 움직입니다. 지금 이사장이 보통 사람입니까."

서 교수는 은규의 표정을 살핀다.

서 교수가 학장으로부터 모종의 메시지를 가지고 왔다는 것을 직감적으로 느낀다.

커피포트에서 물이 끓어 달그락거리는 소리가 들린다. 커피 잔에 물을 따르며 간사한 서 교수가 어떤 방안을 가지고와 자신을 현혹할지 생각한다.

"드시지요."

서 교수에게 커피 잔을 내민다.

"교수님 연구실은 전경이 참 좋습니다. 창밖에 녹색 물결이 일렁이고요."

서 교수는 커피를 들며 창밖을 내다본다.

"창밖을 바라보고 있으면 마음이 편합니다. 서 교수님 연구실도 같은 방향 아닙니까."

서 교수의 연구실이 자신과 같은 방향이라는 것을 생각한다.

"저는 배치를 잘못했습니다. 고립된 기분이 들어야 일도 잘되는 편이라 뒤에 있는 창을 책장으로 막았습니다."

"그렇습니까."

"이번 교환교수로 미국에 다녀올 송 교수가 갑작스럽게 일이 생겼답니다. 그래서 가실 생각이 있는 교수들 신청을 받는답니다."

말을 던져놓은 서 교수는 마치 하이에나처럼 눈치를 살핀다.

"그래요. 지난번 송 교수를 만났을 땐 준비를 하고 있다던데 갑작스럽게 일이 생겼나 봅니다."

드디어 본말이 나오는 구나 생각하고 시치미를 뗀다.

"갑작스레 집안에 일이 생겼답니다."

서 교수는 표정을 살피다 창밖으로 시선을 돌린다.

가을에 있을 교수초빙과 큰 프로젝트인 복지관건립에 관한 사항들이 다음 학기 중에 교수회의로 붙여질 예정이라는 것을 잘 알고 있다.

학장이 눈엣가시 같은 자기를 교환교수로 보내놓고 일을 처리하려고 서 교수를 보낸 것이 틀림없다 생각한다.

"가실 분은 있답니까."

시치미를 떼고 말한다.

"가족들이 있는 교수들이 갑작스럽게 결정할 수 있겠습니까."

핵심을 돌려 말하는 기술이 꼭 학장의 말솜씨 같다 생각하며 자신의 눈치를 보는 서 교수를 바라본다.

"나는 연구실적도 좋지 못하고……"

혼잣말처럼 말하며 서 교수를 바라본다.

"교수님이 가시면 제격이지요. 연구실적이야 학장님이 알아서 잘 처리해줄 것이고."

서 교수는 말이 떨어지기가 바쁘게 말한다.

서 교수의 의중을 알고 교활한 서 교수의 모습을 바라본다.

얼굴에는 살점이라고는 찾아볼 수 없고, 턱은 마치 송곳처럼 날카로운 무미건조한 서 교수를 바라보고 있으면 그의 이마에 바늘로 찔러도 피 한 방울 나오지 않겠다고 생각한다.

"교수님 연구실엔 책 냄새가 진합니다."

더 이상 말을 하지 않자 서 교수가 커피 잔을 내려놓으며 말을 바꾼다.
"저는 이곳이 익숙해서 그런지 잘 모르겠습니다."
"연구실적에 관한 문제도…… 그래요."
서 교수는 대답을 기다리는 듯 바라본다.
"어때서요."
"실적이 학장님 손에 달려있으니 말입니다.……"
서 교수의 말에 가시가 있어 보인다.
"아무리 학장님 손에 달렸어도 평가는 객관적인 이해가 필요하죠."
언성을 높여 말한다.
"그렇다는 말입니다. 연구실적을 평가하는 일이 워낙 주관적이라서……"
서 교수는 눈빛을 피하며 슬쩍 말을 던져놓고 시계를 바라본다.
"벌써 이렇게 되었습니다."
서 교수가 일어선다.
"수업이 있습니까."
"그건 아니고, 약속이 있습니다. 참, 미국에 들어가는 일, 잘 생각해보세요."
서 교수는 그렇게 말하고 연구실을 나간다. 서 교수가 생각해보라고 말을 했지만 마치 나가라는 말과 같은 것으로 받아들여진다.
시간이 있을 때마다 서 교수의 말을 떠올리며 생각한다. 서 교수에 대한 선입견이 좋지 않아서인지 서 교수의 모습만 떠올려도 불쾌하다. 몇 번 서 교수의 연구실로 찾아가 누구의 뜻이냐고 다그쳐 말해볼까 생각도 했으나 꾹꾹 눌러 참는다.
저녁 늦은 시간까지 퇴근하지 않는다. 끼리끼리 하고 싶은 대로 해보라고 말하며 미국으로 들어가 볼까 생각도 했으나 정말로 필요한 실험도구 같은 것은 뒷전으로 밀리고 못생긴 건물이 빈터 한 곳에 세워져 있을 것을 상상하면 그도 못할 일이고, 책임을 회피하는 길이라는 생각에 생각을 접곤 한다.

연구실 불을 끄고 창밖을 내다본다. 밤하늘에 무수히 많은 별들이 초롱댄다. 정점에 있는 초승달은 마치 무슬림들이 찾는 성전 위의 표시와 같다.

한참 동안 달을 바라보며 상징적인 모습을 떠올리고 있을 때 핸드폰이 운다.

"선생님."

시내의 목소리다. 마치 늙은 암탉의 소리처럼 딱딱하게 들린다.

"누구지."

모르는 것처럼 대답한다.

"저 시내에요. 벌써 제 목소리 잊어버렸어요."

"그래. 잘 있었나."

얼마 전 사내가 당한 것을 본 그날부터 모딜리아니를 찾아가지 않았다. 사내의 일이 자기 일 수 있다는 막연한 생각에서 사내의 모습이 오랫동안 머릿속에 떠올랐다.

"오늘은 꼭 들르세요. 보고 싶어요."

"요즘엔 시간이 나지 않아."

꼬마 아가씨와 데이트는 어떠냐고 묻던 숙이의 편지를 생각한다. 그 편지의 문구를 보았을 때 피식 웃음을 터트렸다. 편지엔 질투 같은 묘한 감정이 실려 있었다.

"왜 말이 없죠."

전화기 저편에서 시내의 음성이 들린다. 수화기에서 흘러나오는 주위의 산만한 소리가 모딜리아니는 아니고 가점들이 즐비해 있는 영동 근처일거라 생각한다.

"지금 일하고 있는 중이라."

끊어주었으면 생각한다.

"그럼 얼마 후에 끝나나요."

집요하게 붙들고 늘어진다.

"한 시간 정도……"

"알았어요. 그때 다시 하겠습니다."

자기가 걸겠다 말하려 했으나 전화는 이미 끊어진 뒤다.

연구실을 빠져나와 안내판처럼 붙어 있는 교수들의 명패를 바라보며 주차장으로 향한다.

교수 전용주차장엔 차량이 몇 대 주차되어 있지 않다. 그것도 언제부턴가 정작 교수들은 주차하기 힘들 정도로 학생들이 이미 점령한 주차장이다.

주차장을 돌아 학장실 쪽을 바라본다. 학장실엔 아직도 불이 켜져 있다. 학장은 언제 퇴근하는지 아무리 늦게 퇴근해도 학장실에서 형광 불빛이 거리로 쏟아져 나온다.

아파트 주차장에 차를 주차시키고 모딜리아니로 향한다. 이면도로 가장자리에 심어놓은 가지 잘린 플라타너스의 줄기가 어느새 연한 잎을 내밀고 있고, 넓적하고 여린 연녹색의 잎이 약한 바람에 팔락거린다.

비릿한 냄새가 은은하게 코끝을 자극하는가 싶더니 습한 기운이 몰려든다. 항상 해변 바람은 습했지만 안개를 몰고 올 때면 늘 그랬다. 아파트 공사현장을 지나는데 전화가 운다. 전화를 보니 시내다. 정확히 한 시간이 지나 전화가 온 것이다.

"지금 어딘가. 모딜리아니?"

전화번호를 기억하고 말한다.

"선생님. 난 아직 출근하지 않았어요. 지금 선생님은 어디에요."

해맑은 모습으로 웃고 있는 모습이 보이는 듯하다.

"아크로폴리스를 지나고 있는데……"

"반대편으로 오시면 소공원이 있는데. 그곳에서……한 백 미터…… 해변 쪽으로요."

핸드폰 저편에서 소란스런 소리가 들린다.

"그곳이 소공원인가."

"그래요. 이곳으로 오세요."

주위가 산만한지 큰소리로 말한다.

소공원은 해변과 맞닿은 곳으로 개항 백주년 기념으로 창고를 헐고 그 자리에 만들어놓은 곳이다.

소공원 쪽으로 가면서 안개가 시나브로 깔리는 것을 느낀다. 이면도로를 통해 내항 사거리에 도착하니 몇 미터 앞도 보이지 않을 만큼 순식간에 안개가 짙게 깔린다.

소공원에는 어떤 행사가 벌어지고 있다. 안개 때문에 사람은 보이지 않았지만 사물놀이패들이 공연을 하고 있는지 꽹과리 소리가 유난히 크게 들린다.

초록색 신호등으로 바뀌자 길을 건넌다. 사람들의 뒷모습이 보이고 여러 모양의 구두 뒷굽이 한 곳에 정지되어 있다.

막 그 사람들과 섞일 즈음 시내가 사람들 무리 속에서 달려 나와 팔짱을 낀다.

"여기서 기다렸어요."

얼굴에 잔뜩 웃음을 띠며 말한다.

"저 안에서 뭘 하는데."

사람들로 둘러 싸여 있는 곳을 턱으로 가리키며 말한다.

"탈을 쓴 사람들이 탈춤을 추고 난리에요."

시내의 말을 듣고 그쪽으로 고개를 빼 바라본다. 하지만 사람들 때문에 아무것도 보이지 않는다.

"보고 싶나요."

"그렇지는 않은데……."

"이리 따라오세요."

시내는 사람들을 헤쳐 가며 안으로 들어간다. 떠밀린 사람들이 가재눈을 떴지만 시내가 눈웃음을 하자 모두 비켜준다.

가장 앞자리에 시내가 주저앉으며 자리를 만든다. 시내가 만들어 준 자리에 앉아 공연하는 사람들을 바라본다. 언젠가 안동에서 보았던 하회별신굿탈놀이이다. 안개 속에서 탈을 쓴 공연자들이 불쑥불쑥 나타났다 다시 안개 속으로 사라진다.

"저게 어떤 놀이에요. 재미없어요."

시내가 숨죽인 소리로 말한다.

하회별신굿탈놀이라고 말해주고 탈을 쓴 사람들의 이름을 하나하나 말해 준다. 시내는 흥미가 없는지 싫증을 낸다.

"선생님. 가요."

시내가 잡아끈다.

"선생님. 제 취미가 뭔지 아세요."

공원을 빠져나오며 말한다.

"글쎄."

"종이접기에요."

"종이접기. 학을 접는 것 말인가."

"뭐든지 다 접어요. 꽃, 학, 신발, 공, 많아요."

"그래? 다시 봐야겠어."

"제가 접은 개나리꽃을 가져다줄게요."

"개나리꽃도 접을 수 있나."

"장미, 철쭉, 백합, 도라지 다 접을 수 있어요."

계속 재잘거린다.

탈 속에 갇힌 사람들을 떠올린다. 실제와 다른 사람들 열한 명이 이야기꽃을 피우며 춤을 추는 탈들. 학교 내에서 이루어지는 현상들이 꼭 탈을 쓴 사람들과 같다 생각한다.

"선생님 다 왔어요."

생각에 묻혀 걷고 있자 말한다.

모딜리아니의 붉은 등이 안개 속에서 은은하게 빛을 발하고 있다.

시내는 항상 그렇듯 폴짝거리며 안으로 들어간다.

어두컴컴한 홀 안쪽에 여자와 사내가 보인다. 들어서자 여자가 일어나며 다가온다.

"오랜만이에요."

여자는 반갑게 웃으며 말한다.

"일이 좀 있어서……"

뒷말을 흐리고 자리를 찾아간다.

장식거울에는 여자와 사내가 정답게 이야기를 나누고 있는 것이 보인다. 지난번 여자가 틀림없이 다시 올 거라는 말을 떠올린다.

7

요즘은 자꾸만 유년의 기억들이 떠오릅니다. 당신이 보내주는 유년의 이야기 때문이기도 하지만 살면서 혼자 결정하기 어려운 일이 있을 때는 꼭 유년의 기억을 떠올립니다. 해결되는 일이 없어도 그 순간만은 마음이 편합니다.

요즘 들어서 종종 인간의 가치를 생각해 봅니다. 미군 탱크에 깔려 죽은 여중생들의 원혼을 달래주려는 시민들의 자발적인 참여가 오늘 신문 전면에 실렸습니다. 여중생들이 억울하게 죽은 지도 벌써 일 년이 지났습니다. 촛불시위를 하는 사람들의 염원이 어디에 있겠습니까. 생각해 보면 내 딸이고 내 동생 같아서 일겁니다.

잘못을 뉘우칠지 모르는 사람에게 법의 준엄함을 보여야 하지만 그마저 할 수 없는 현실이 안타깝기만 합니다.

황색 촛불에 볼이 익어 보이는 사람들의 슬픈 얼굴은 정말 진지해 보였습니다. 경찰들은 그들의 조용한 시위를 못하도록 합니다. 말리는 경찰들도 힘들 거라 생각한 적이 한두 번이 아닙니다. 그들도 우리 민족인데 우리 마음과 다르겠습니까.

그들 뒤에는 엄청나게 크고 힘이 센 회색곰 같은 무언가가 있어서 일겁니다. 회색곰들은 비폭력적인 시위인데도 두려운가 봅니다. 조용한 메아리가 세계에 전달될 것이 두려운 거겠지요.

간디가 그랬듯 아르헨티나의 신부가 그랬듯 더 가까이는 민주화를 위해 단식을 했던 우리 정치인이 그랬듯 조용한 시위는 폭력적인 시위보다 더 큰 힘이 들어있음을 그들은 알고 있어서 그럴 겁니다.

어제는 교수 한 분이 교환교수로 미국에 가면 어떻겠냐는 제안이 있었습니다. 솔직히 아내와 아이가 살고 있는 그 땅에 가고 싶습니다.

일 년이나 이 년 동안 아이의 공부하는 모습과 아내가 하는 일들을 가까이서 보고 싶고, 돕고 싶습니다.

아내는 아이의 학비며 생활비에 보태려고 그곳에서 시간제로 일하고 있다고는 들었지만 얼마나 어려운 일을 하고 있는지 너무 먼 곳이라 실감이 나지 않습니다. 아내의 차분한 성격이 그 일에 맞는지도 궁금합니다.

교수의 제안이 있었을 때 그 교수가 미워 그의 얼굴에 침이라도 뱉어주었으면 하고 생각했었습니다. 하지만 연구실에서 곰곰이 생각해보니 꿀단지 같은 제안이었습니다. 지금도 결정하지 못했습니다. 내가 떠난 이곳에서 학생 편에 서지 않고 자기들 마음대로 행해질 여러 가지 일들이 눈에 선하기 때문입니다.

요즘 들어서 자꾸만 어머니의 모습이 떠오릅니다. 그때마다 자신의 나약함을 꾸짖어 보지만 고향과 어머니는 뗄 수 없는 상관관계가 있는 것 같습니다.

어머니는 내가 성장해 결혼하고 아이까지 두었는데도 아이 취급을 했습니다. 개인적인 문제로 고민하고 있으면 같이 살을 맞대고 살아가는 아내보다도 먼저 내 고민을 아는 듯했습니다. 또 그 고민을 털어놓으라며 다가앉아 말했습니다. 그런 일이 없다고 말하면 더욱 다그쳐 물었습니다.

옆에 앉은 아내 보기가 민망하여 아내를 슬쩍 바라보면 어머니는 그때서야 눈치를 챘는지 헛기침을 하고 물러앉았습니다.

유년의 어느 늦가을입니다. 어머니는 저를 데리고 외가에 가자고 하였습니다. 비포장길이었지만 어머니 옆에 앉아 창밖을 바라보니 새로운 세계가 펼쳐 보였습니다. 황토구릉 속이 아닌 들판이 지평선을 이루고 있는 곳을 보았습니다.

버스는 들길로 한없이 달렸습니다. 한참 동안 달렸어도 산이 보이지 않았습니다. 얼마쯤 갔을까, 어머니 품에서 잠을 자다 일어났습니다. 어머니께서 다 왔다고 말했기 때문입니다.

어느 들판에 내려져 어머니의 손을 잡고 조그만 들길을 걸었습니다. 가을걷이가 끝난 들에는 이따금씩 농부가 불을 태우고 있었습니다.

얼마쯤 걸었을까, 긴 둑이 보였습니다. 그 둑 밑에 옹기종기 모여 앉은 작은 마을이 있었습니다.

어머니는 가던 길을 멈추고 한 곳을 바라보고 서 있었습니다. 어머니가 바라보고 있는 곳을 보았습니다.

동네에서 멀리 떨어진 곳에 아득히 수문 같은 것이 보이고 둑이었습니다. 한동안 어머니의 시선을 따라 바라보고 있다가 다시 어머니의 얼굴을 바라보았습니다. 어머니 눈가에 이슬 같은 것이 저녁노을에 반짝였습니다.

"어머니. 어디를 봐요."

어머니께 말을 붙여볼 생각으로 그렇게 말했습니다.

어머니는 슬픈 표정을 하다가 나를 바라보더니 웃는 모습을 보였습니다.

"외삼촌 집은 어디에요."

어머니에게 말하자 어머니는 다시 내 손을 잡았습니다.

"이제 다 왔단다."

둑을 따라 걷다가 맨 마지막 집으로 들어갔습니다. 인기척을 느꼈는지 부엌에서 사람이 나왔습니다.

"언니."

어머니가 언니라고 불렀습니다.

"이게 누구야."

시골 아낙은 깜짝 반기는 얼굴이었습니다.

"여기 나와 보세요."

시골 아낙은 방에 대고 소리쳤습니다.

방문이 열리더니 어떤 사람이 어머니를 보고 놀라며 신도 신지 않고 달려 나왔습니다.

"연락이라도 하고 올 것이지."

그 사람은 어머니의 손을 덥석 잡고 말했습니다.

그 사람을 바라보았습니다. 둥글고 검붉은 대춧빛 얼굴이었고, 어깨가 딱 벌어진 사람이었습니다. 순간적으로 무서워 어머니의 흰 광목치마를 꼭 잡았습니다.

"애가 누구야."

그 사람이 다가왔습니다.

"넷째 은규."

어머니는 치마를 잡은 손을 떼어내며 말했습니다.

"그래……"

그 사람은 솥뚜껑 같은 손으로 내 머리를 쓰다듬었습니다.

"인사드려야지. 외삼촌이야."

어머니가 말했습니다.

외삼촌이 무서워 한마디도 못하고 다시 어머니 치마만 잡고 있었습니다.

잠시 후 방안에서 여자아이들이 우르르 밖으로 나왔습니다. 그만그만한 여자애들이었습니다. 어머니 치마만 잡고 있자 그 애들은 신기한 듯 나를 빤히 바라보기만 했습니다.

"들어가자."

외삼촌이 말했습니다.

어머니와 방안으로 들어갔습니다.

방안은 어두컴컴했습니다. 방문 바른편에 창이 있었습니다. 투명하지 않은 창으로 신기할 정도로 은은하게 빛이 들어왔습니다.

어머니와 외삼촌이 이야기를 하는 동안 어머니 곁에서 주위를 살펴보았습니다. 은은하게 들어오던 햇빛이 붉게 물들어갔습니다. 주위엔 나와 이야기를 하려는 또래의 여자아이도 있었고, 나보다 키가 큰 여자아이도 있었습니다.

또래의 여자아이가 자꾸만 나를 바라보았습니다. 처음에는 그 아이의 눈초리를 피해 다른 곳으로 눈을 돌렸지만 차츰 그곳에 익숙해졌습니다. 그것을 알아차렸는지 여자아이가 말했습니다.

"밖에 나가 놀자."

여자아이가 손을 잡아끌었습니다. 그 모습을 바라보고 있던 어머니가 말했습니다.

"같이 놀다 들어오렴."

마지못해 아이를 따라 밖으로 나갔습니다.

아이는 뒤뜰로 갔습니다. 뒤뜰 넓은 회색 공간에 붉은 풀이 자라고 있었습니다. 해가 기울면서 그 노을로 붉은 풀은 더더욱 붉게 보였습니다.

여자아이는 붉은 초원으로 달렸습니다. 여자아이를 따라갔습니다. 얼마만큼 갔을 때입니다.

어머니께서 바라보던 수문에까지 다다른 여자아이는 수문 옆에 꺾쇠처럼 붙어 있는 쇠 발판을 밟고 수문 위로 어렵게 올라갔습니다. 따라 올라가기가 겁이나 밑에서 여자아이의 행동을 바라보기만 하였습니다.

"이리 올라와."

수문 위로 올라간 여자아이가 손을 내밀었습니다. 그 아이의 손을 잡지 않고 발판을 잡고 겨우 올라갔습니다.

수문 위는 평평한 콘크리트로 되어있었습니다. 바닥도 햇볕에 달구어져 따뜻했습니다. 밑을 내려보니 물이 고여있었습니다. 가끔씩 검푸른 물이 흔들려 번들거렸습니다.

무서웠습니다. 긴장하며 밑을 바라보지 않으려고 가운데에 앉았습니다. 그것을 알아차렸는지 여자아이가 비웃듯 깔깔대며 웃었습니다.

"저길 봐."

한동안 웃고 있던 여자아이가 손가락으로 바다 쪽을 가리켰습니다. 바다는 끝이 없었습니다.

"저게 어디야."

금모랫빛으로 반짝거리는 바다를 바라보며 말했습니다.

"바다야."

처음 보는 바다였습니다. 보이는 것은 수평선뿐이었습니다. 그 수평선 위에 낮게 해가 지고 있었습니다.

황토 언덕으로 떨어지던 그 해와는 너무도 다른 모습이었습니다. 어머니와 바라보던 그 해보다 몇 배는 더 컸습니다.

"넌 저 모습을 매일 보는 거야."

아름답고 큰 붉은 해를 바라보며 말했습니다.

"거긴 바다가 없어?"

아이가 얼굴을 빤히 바라보며 말했습니다.

"응."

마지못해 대답했습니다.

"내일부턴 이곳에 나오지 못해. 저렇게 둥근 해도 볼 수 없어."

여자아이가 슬픈 표정으로 말했습니다.

"왜."

아이가 말하는 뜻을 알 수 없었습니다.

해가 바다 밑으로 잠기더니 시나브로 어두워왔습니다.

아이는 그곳에서 내려갈 생각을 하지 않고 해가 바다 밑으로 떨어진 곳만 바라보고 있었습니다.

해가 진 바다는 뿌연 연회색으로 여물어있었습니다. 주위가 어슴푸레했지만 붉게 물들어 있었고 먼 곳 마을에서 하나둘씩 반딧불 같은 불이 켜졌습니다.

무서웠지만 아이의 슬픈 표정을 바라보고는 가자는 말을 꺼내지 못했습니다.

"이제 가자."

얼마쯤 지났을 때 용기를 내 아이한테 겨우 말했습니다.

"오늘이 이곳에서 마지막이야. 조금만 있다가자."

아이가 제법 어른스럽게 말했습니다.

"왜 그래."

"난 내일 남의 집으로 들어가게 되어 있어."

아이는 점점 모를 말만 하였습니다.

"……"

영문을 몰라 아이의 얼굴만 바라보았습니다. 아이의 얼굴은 어둠 속에서도 붉은 노을의 여운 때문인지 붉었습니다.

"우리집은 딸이 다섯이야. 저쪽 작은 산 아랫동네가 있는데 그 동네 딸이 없는 부잣집으로 날 보낸데."

아이가 가리키는 산을 바라보았습니다. 어둠 속에서 검은 모습으로 보이는 산은 꼭 소가 누워 있는 것처럼 보였습니다. 나중에 안일이지만 그곳은 와우산이었습니다.

아이의 말을 듣고 내려가자는 말도 못하고 그곳에 앉아 아이가 바라보는 곳을 바라보았습니다.

바람이 불 때마다 수문이 움직이는 것 같았고 그때마다 물이 움직여 번들거렸습니다. 마치 집 앞에 있는 깊은 우물 같았습니다.

"넌 내 동생이 되는 거야."

아이는 갑자기 그렇게 말하며 으쓱해 보였습니다.

"왜."

난 갑작스런 아이의 말에 당황하며 말했습니다.

"넌 아홉 살 아니야."

아이의 말이 맞았습니다.

"그래……"

난 마지못해 그렇게 말했습니다.

"난 열 살이다."

열 살이란 말에 기가 죽었습니다. 누나라고 말해야 되나 하고 몇 번 망설이고 있을 때 아이가 내려가자고 했습니다.

아이가 먼저 조심스럽게 아래로 내려갔습니다. 아이를 따라 보이지도 않는 발판을 발로 더듬어 밟고 내려갔습니다.

집에 도착하니 어머니는 화난 표정으로 어디에 갔다 왔느냐 말했습니다. 아무 소리 않고 아이만 바라보았습니다.

"고모. 수문 있잖아요. 거기에 갔었어요. 그리고 수문에 올라가 놀았어요."

아이는 아무렇지 않게 말했습니다.

"수문은 안 돼."

어머니는 놀라 그렇게 말하며 아이를 바라보았습니다.

어머니의 눈초리가 무서웠던지 아이는 큰 죄를 지은 사람처럼 시선을 땅으로 떨어뜨렸습니다.

"이곳에서 가장 위험한 곳이 그곳이야. 그곳에 올라가 떨어지기라도 하는 날에는 어떻게 되겠어."

어머니는 화낸 것을 누그러뜨리며 아이를 달래듯 다시 말했습니다.

"알았어요."

아이는 다시는 그렇게 하지 않겠다는 듯 말했습니다.

식구들이 모두 저녁을 먹었기 때문에 아이와 난 한상에서 늦은 저녁을 먹었습니다. 저녁 식사 후에도 어머니와 외삼촌 그리고 외숙모의 이야기는 끝이 없었습니다.

어머니 치마폭에서 잠을 잤습니다. 소변이 마려워 일어나려고 할 때 외삼촌이 말했습니다.

"너 아직도 그 사람 잊지 못하는 거냐."

어린 나이였지만 그 말이 귀에 번쩍 들어왔습니다.

"오빠도…… 그게 언젠데……"

"순이 한테 화낼 때 깜짝 놀랐다."

순이에게 수문 쪽으로 가지마라고 화를 내며 말하던 어머니를 떠올렸습니다. 그때 같이 화난 어머니의 얼굴은 처음 보았습니다.

"그 사람 집은 어떻게 되었어요."

"혁진이가 수문에서 죽고, 네가 시집간 후 그 집안 모두는 이곳을 떠났지. 들리는 말로는 서울에서 잘 살고 있다고 하던데 확실한 것은 아니야. 그때 혁진이 어머니는 네가 들고 온 검정 고무신 한 짝을 들고 한동안 매일 수문에서 울었어. 혁진이 시신을 끝내 찾지 못하자 수문 근처에 그 고무신을 묻었다지."

"그 고무신 한 짝이 지금도 생각나요. 혁진이가 내게 왜 신발 한 짝을 들고 있으라고 말했는지…… 도무지 알 수 없어요. 지금 생각해보면 한 켤레를 주려고 했다가 떨어진 것 같기도 하고, 지금도 가끔씩 그 생각을 하면 정신마저 혼미해져 가는 느낌이 들어요."

어머니는 그렇게 말하고 깊은 한숨을 내 쉬었습니다.

"다 잊어 벼려. 그게 언젠데……"

"혁진이를 잊으려고 시집은 갔지만……"

"혁진이 때문에 그동안 여기에 찾아오지 않았던 거야."

"일이 바빴어요. 빈촌이라 살기도 빠듯하고……"

"여기도 만만치 않아. 벌써 저 둑이 몇 번 터졌는지 몰라. 모를 다 심고 잘 자란다 싶으면 장마로 둑이 터지게 되니……"

"진수와 건수는 어디 갔어요."

"진수는 서울로 간 지가 오 년이나 되는데 소식도 없고, 건수는 터질목에 있는 방앗간 머슴으로 갔어. 힘이 좋아 방앗간에서 보내 달라 말했던 터라 쉽게 그리로 가게 되었단다. 그리고 순이는 내일 와우산 최가한테 보내기로 했다."

"와우산 최 부자요."

"그래. 딸이 없다고 수도 없이 찾아와 달라기에…… 잘 키워 준다는 조건으로 보내기로 했어. 내가 키워봤자 학교를 제대로 보낼 수 있겠어. 그렇다고 시집을 잘 보낼 수 있겠어."

"아무리 어렵기로 저 어린것을 어떻게……"

어머니는 그렇게 말하며 혀를 찼습니다.

"미안하다. 내 형편이 이래서. 이 들판에 살면서 너한테 쌀 한 가마 보내지 못하고……"

"나도 오빠 형편을 잘 아는데요 뭐……"

"배 사고만 없었어도 우리 가문이 이렇게 되지는 않았을 거다. 죽어서 어떻게 부모님을 뵈올지……"

"할 수 없었잖아요. 갑작스런 사고라서."

"우리가 이렇게 사는 것을 강 건너 저쪽 장흥 사람들이 알까 두렵다. 부끄럽기도 하고 그래서 이렇게 바람찬 포구 끝에서 살고 있는 거고."

"오빠도…… 이제 잊어버려요."

끝이 없을 것 같았습니다. 배가 아파 도저히 참을 수 없어 잠결에 일어나는 체하면서 눈을 비비며 일어났습니다.

오줌을 싸겠다고 말하자 어머니가 손을 잡고 밖으로 나왔습니다. 소변을 보는 동안 어머니는 하늘을 바라보았습니다. 소변을 다 보고 어머니가 바라보는 하늘을 바라보았습니다. 하늘에는 많은 별들이 나와 반짝거렸습니다.

뒤뜰에선 바람소리가 났습니다. 집에서 들었던 그런 바람소리가 아니었습니다. 집에서는 대나무밭에 스치는 바람소리가 솨솨하고 사각거렸지만 그곳은 우우하며 사납고 무섭게 불었습니다.

아침에 소란스러워 일어나니 어두컴컴한 방안에 순이가 작은 보따리를 들고 뭔가를 생각하며 서 있었습니다. 가기 싫어하는 모습이었습니다.

"순이야. 그곳에서 여기는 잊고 잘살아야 되는 거야."

외삼촌이 순이에게 말했습니다.

"안 가면 안돼요."

순이가 모기같은 소리로 말했습니다.

외숙모는 순이가 가는 모습을 차마 보지 못하겠는지 돌아앉아 있었습니다. 마당에는 순이가 빨리 나오기를 기다리며 오토바이가 붕붕거리고 있었습니다.

"잘 있어."

순이가 작심한 듯 나에게 말했습니다.

"언제 올 건데……"

순이가 이제 영영 오지 못하게 될 거라는 말을 떠올렸습니다.

"……"

순이는 말을 하려다 입을 다물었습니다.

"순이야. 이제 나가 보거라."

외삼촌이 무겁게 말했습니다.

순이는 마음이 정리가 되었는지 어른처럼 울지도 않았습니다. 고개를 숙여 인사를 마친 순이는 마당으로 나가 오토바이 뒤에 올라

탔습니다. 오토바이는 마당을 한 번 선회하고는 대문을 빠져나갔습니다.

나도 모르게 대문까지 뛰어나갔습니다. 대문 앞에서 한참 동안 오토바이가 멀어져 가는 모습을 바라보았습니다. 순이는 오토바이 뒤에서 몇 번 고개를 돌려 바라보았습니다.

순이가 그렇게 떠나자 재미가 없었습니다. 몇 번 어머니께 집으로 가자고 말했으나 그때마다 어머니는 하룻밤만 더 자고 가자 말했습니다.

일없이 마당에 기어 다니는 농게를 잡으러 뛰어다녔습니다. 방안에 숨어 농게가 나오는 것을 보고 뛰어 나가면 농게는 다시 장독대 돌무더기 속으로 몸을 숨겼습니다.

할 수 없이 농게가 들어간 장독대의 돌들을 끄집어내기 시작했습니다. 돌을 수없이 헤쳐 보았지만 농게는 보이지 않았습니다.

오후 늦게 돌아온 어머니와 외숙모 그리고 외삼촌은 헤쳐져 있는 장독대를 보고 놀라 그 자리에 서 있었습니다. 아무렇지 않게 농게가 저 안으로 들어갔다고 말했습니다. 그날 어머니에게 처음으로 회초리로 종아리를 얻어맞았습니다.

집으로 돌아온 얼마 후 강변에서 갈대를 꺾어 만든 방 빗자루를 들고 외삼촌이 순이와 함께 왔습니다.

영영 못 만날 거라 생각했던 순이가 찾아오자 반가웠습니다. 순이가 그랬던 것처럼 순이를 데리고 대밭으로 들어갔습니다. 순이도 대밭은 처음으로 들어와 보았다고 말했습니다.

그곳에 앉아 어떻게 된 거냐고 말했습니다. 순이는 최 부잣집에서 살다가 쫓겨 왔다고 했습니다.

아버지를 주려고 계란 한 개를 훔쳤다가 죽도록 맞았다고 했습니다. 순이와 붉은 언덕으로 떨어지는 석양의 노을을 바라보았고, 노을이 끝나자 새들이 찾아드는 대숲에 숨어 비둘기와 참새 그리고 뱁새들의 퍼득거리는 소리를 들었습니다. 순이는 그때마다 신기한 듯 대나무 위를 바라보았습니다.

다음날 동네 안길에서 만난 당신은 강촌에서 온 작은 소녀를 신기한 듯 바라보았었지요. 그 소녀가 순이입니다.

지금 순이는 어려운 시절을 보내서 그런지 서울에서 잘 살고 있답니다. 어머니 상중에 와서 그때 그 이야기를 했더니 전부 기억하고 있었습니다.

그때를 생각하니 마치 그 옛날로 돌아가 있는 기분입니다. 이 편지를 쓰는 동안 그때 그 시절로 돌아가 있었습니다. 마치 흑백영화를 보는 것처럼 말입니다. 황색 꽃무늬 치마를 입은 당신이 책보를 뒤에 메고 잔솔밭 사이로 달려오는 것 같습니다.

— 은규로부터

손바닥만한 잎이 팔락이는 목련을 바라보고 있을 때 연구실로 성현이 찾아온다. 성현이 주저하고 서 있자 소파에 앉으며 말한다.

"또 뭔가."

"예……저……"

"이 사람 청년이 답답하기는, 그래서 어떻게 이 나라를 짊어질 수 있겠나. 이리로 앉게."

성현이 망설이다가 앞에 앉는다.

"자네 차 한 잔 하겠나."

주저하는 성현의 표정을 본다. 아직 순진한 구석이 있는 성현의 태도가 맘에 든다.

"아닙니다."
"한 잔 하고 싶어서 그래."
"그럼 전 교수님 하시는 걸로 하겠습니다."
"주관이 있어야지."
포트에 전기를 꼽는다.
"그래. 오늘 할 말이 무엇인가."
손을 모으고 앉아 있는 성현을 본다.
"이번 주 금요일에 우리 과 MT가 결정되었습니다. 이번에는 교수님을 모시고 가자는 의견이 있어 이렇게 제가 찾아온 겁니다."
성현이 어렵게 말한다.
"잠깐만 물이 끓고 있구만."
찻잔에 티스푼으로 커피를 넣으며 금요일을 생각해 본다. 별다른 스케줄이 없자 찻잔에 뜨거운 물을 부어 성현에게 건넨다.
"자, 들게."
"그래. 그렇게 쉬운 말을 가지고 어렵게 생각하나."
"교수님이 시간이 없을까 해서입니다."
"이번 금요일엔 아무 일도 없네. 하룻동안인가."
"일박 이 일 입니다."
"이번엔 따라가기로 하지."
그렇게 승낙하자 성현의 얼굴이 환해진다.
"그런데 장소가 어딘가."
"무창포입니다. 아홉 시에 학생회관 앞에서 출발하기로 돼 있습니다. 학생들은 한 사십여 명이 참여할 것 같아요."
성현이 조리 있게 말한다.
"알았네."

성현은 차를 다 마셨는지 조용히 일어난다.

"교수님. 그럼 그때 뵙겠습니다."

성현이 나가자 창밖을 내다본다. 자꾸만 서 교수의 말이 떠오르고 그 연장선에 아내와 아이가 보인다.

아홉 시에 맞추어 학생회관 앞으로 나가니 아이들이 삼삼오오 모여 깔깔대고 있다. 차에서 내려 버스로 향하자 성현이가 달려와 맞는다. 깔깔대던 학생들이 바라보고 인사한다.

"출발시간이 아홉 시인가."

시계를 바라본다.

"네. 학생들 몇몇이 오지 않아서 기다리고 있습니다."

버스에 올라 성현이 안내한 자리에 앉자 삼삼오오 흩어져 있던 학생들이 버스 안으로 하나둘씩 들어와 자리에 앉는다.

십 분 늦게 출발한 버스는 도심을 벗어나고 있다. 차창 밖으로 밤이면 해안선과 같이 불을 밝히던 도심을 바라본다. 밤에 보았던 도심과는 영 딴판인 기형적인 도시의 형태가 불안전하기까지 하다.

"먼저 오늘 MT의 배경을 설명하겠습니다."

성현이 연구실에서와는 영 다르게 매끈하게 말을 한다. 아이들은 성현의 말에 어떤 땐 웃기도 하고 어떤 땐 심각하게 받아들이기도 한다. 특히 학교에 관한 이야기가 있을 때 학생들은 더욱 긴장하며 성현을 바라본다.

성현의 말은 지난번 말했던 폐강이 된다는 말이 현실성 없는 루머라고 초점을 맞춰 설명한다.

예정보다 일찍 무창포에 도착하여 여장을 푼 학생들은 한 시간가량 자유시간이 주어진다.

"교수님. 제가 먼저 드렸어야 하는데……"

성현이 프로그램이 적혀 있는 종이를 전해준다. 저녁 시간에 학생들과의 대화시간이 잡혀 있다는 것을 본다.

"이 시간만 내가 필요하겠군."

"그렇습니다."

"알았네. 자네들 할 일을 하게."

성현이 아이들 속으로 들어간다.

방파제 쪽으로 걸어간다.

언젠가 아내와 같이 왔던 곳이었지만 방파제의 길이가 예전보다는 길어졌고, 주위도 깔끔하게 정리되어 다른 곳에 온 것 같은 느낌을 준다.

방파제 끝으로 걸어가니 비응도 야적장에서 보았던 테트라포트가 콘크리트 구조물 밑에 정리되어 발을 쳐들고 있다. 그 사이로 거친 파도가 수도 없이 몰려와 부딪치며 하얗게 부서진다.

수인번호처럼 찍혀 있던 일련번호를 찾아보았지만 시간의 궤적처럼 표피가 헤어져 보이지 않는다.

콘크리트 구조물에 앉아 밀려오는 파도를 바라본다. 방파제는 조용하지 않다. 먼 곳에서부터 달려온 파도는 테트라포트에 다가와 잘게 부서져 내린다. 마치 어떤 역경을 잘게 부숴 버리는 것처럼 테트라포트는 그곳에 앉아 의연하게 자신의 의지를 굽히지 않는다.

부서지는 파도를 바라보며 테트라포트에 붙어 있던 수인의 번호 같은 이름들이 어쩌면 소용없는 것들이라 생각한다.

한 시대가 지나고 또 한 시대를 맞아들이려면 지난 시절의 궤적들을 말끔히 씻어내고 새로운 각도에서 어떤 것들을 이해해야 한다고 생각한다.

예전엔 학장과 같이 일사분란하게 시대의 아픔에 대항하였다. 그

시절 지식인이라면 누구나 그게 옳은 일이라 생각했고 그랬어야 했다.

학장도 수인의 몸이 되었고, 자신 또한 수인의 몸이 되어 감시의 눈초리를 견뎌야 했다. 하지만 지금은 시대의 상황이 바뀌었고, 저항의 시대도 바뀐 것이 아닌가. 그렇게 생각하다 조약돌을 주워 물수재비를 몇 번 뜬 다음 다시 자리에 앉는다.

학장과 일부 교수들은 지난 저항의 꼬리표인 수인의 생활을 내세워 반사이익을 노리고 있지 않은가. 누구든 침범하지 못할 어떤 울타리를 치며, 자기의 고착화된 사상의 부산물로 조그만 권력을 형성 하면서……

지난 세월을 생각하며 저녁 시간에 있을 학생들과의 대화에서 말할 것을 떠올린다.

의지가 강한 사람은 무엇인가 해낸다. 비록 그 당시에는 비참하고 사람들은 그 모습을 보며 쓸데없는 행동이라고 할지라도 그들은 그 일을 하는 것이 참된 길이라는 것을 인식하며 달려갔다.

격동의 시대였던 칠팔십 년대에도 그랬고. 구십 년대에도 그랬다. 당시의 사람들은 그들의 모습을 보며 하릴없는 사람이라고 군중 속에서 말했다.

그들은 언제나 하나였고 스스로 이정표를 세우며 의지로 버텨 나갔다. 얼마가 지나면 사람들은 그들이 의지를 굽히지 않았던 것이 어떤 것인지를 알게 되었고, 그들이 주장한 그 어떤 것은 고스란히 그들을 위한 것이 아니고 비난했던 사람들 자신을 위한 것이라는 것까지…… 지금은 고요히 뛰는 심장처럼 촛불을 달구는 조용한 발걸음들.

작은 소용돌이를 만들어가며 이정표를 세우는 사람들을 생각한다. 그리고 오늘 저녁 학생들에게 말해야 할 것이 바로 이것이라 생각한다.

"교수님. 여기 계셨습니까?"

성현이가 숨차게 달려와 말한다.

"웬일인가."

"운동을 하는데 교수님과 같이 하면 어떨까 해서요."

"운동."

"발야구를 하는데 재미있습니다."

"안 되네. 여기서 생각할 것도 많아."

"그럼 게임이 끝나고 점심시간에 모시러 오겠습니다."

성현이 최소한의 예의를 표시한다.

"학생들한테 잘 말하게. 운동을 못하는 사람이라고."

그렇게 말하자 성현이 뛰어간다.

이렇게 앉아 자신이 한가한 시간을 보냈던 날이 있었는가 생각해본다.

먼 백사장에는 학생들이 놀이에 열중하고 있다. 그것이 공부에 연장선상이고 학문탐구의 연장선이라 생각하며 자리에서 일어선다.

갈매기들이 비상하며 바다 위에 물고기를 찾느라 분주하다. 어떤 갈매기는 조그만 배 위에서 맴돌고 어떤 갈매기는 빈 바다 위에서 맴돌고 있다. 각각 살아가는 방법이 다른 것이다. 갈매기들의 행동이 다르듯이 사람들도 살아가는 방법이 다른 것이다. 하지만 사람들은 같은 생각을 원한다. 그렇지 않을 경우 조직의 이단자처럼 취급하고 종국에는 다수의 사람들에 의해 그 조직에서 쫓겨난다. 마치 조나단이 일반 갈매기와 다른 생각을 했다고 쫓겨나듯.

큰 방에 사십여 명의 학생들이 둘러앉아 있다. 일부 학생들은 벌써부터 술에 취해 있고 어떤 학생은 똑바로 앉아있기가 힘 드는지 벽에 기대 비스듬히 앉아있다.

"이번 시간이 나와의 대화시간으로 알고 있는데, 나는 연설하듯 말하는 것을 싫어하는 사람입니다. 여러분들의 의견을 듣고 싶고 여러분들의 생각을 알고 싶습니다. 여러분들이 말하는 것들에 대하여 내 생각대로 코멘트를 하겠습니다. 지금부터 여러분이 하고 싶은 말이 있으면 하시기 바랍니다. 개인적인 문제도 좋고 여러분들이 처한 문제도 좋습니다. 그리고 학교에 관한 문제도 좋습니다. 뭐든 허심탄회하게 대화해 봅시다."

그렇게 말하고 학생들과 거리감을 없애기 위하여 자리에 앉는다.

"저희들 눈으로 보기에 교수님과 학장님 사이가 편치 않은 것 같이 보입니다. 그게 사실입니까. 그리고 학장님과는 같이 학생운동의 경력도 있는 것으로 아는데요."

성현이가 먼저 말을 꺼낸다.

"……어떤 말부터 해야 할지 모르겠네. 확실한 것은 학장님과 나는 험난했던 시절에 같이 학생운동을 했다는 겁니다. 그러나 이것만은 분명합니다. 같이 학생운동을 했다고 해도 개개인의 가치관은 다른 겁니다. 같이 운동권에서 이 나라를 위하여 열심히 헌신하며 살았지만 지금 이 시점에서 그때의 가치가 그때처럼 존재하는 것은 아닙니다. 내가 생각하는 가치대로 살아가는 것이고, 학장님도 나와 똑같이 자신의 가치대로 이 시대를 사는 것입니다. 나와 학장님의 생각이 다르다고 해서 인간관계가 잘못되어 가고 있다고 생각하지는 않아요. 분명히 말하지만 그분의 모든 부분을 존경합니다. 의견 대립이 있는 것은 내 생각인 것입니다. 성현 학생 이해하겠어요."

그렇게 말하며 학생들을 돌아본다. 술에 취해 있던 학생 하나가 눈이 마주치자 자세를 고쳐 앉는다.

"현재와 학생운동을 했을 때와의 교수님의 가치가 어떻게 바뀌었는지 궁금합니다."

자리를 고쳐 앉았던 한 학생이 말한다.

"내가 여러분과 같은 또래였을 때 이런 생각을 했습니다. 아니 나만이 아니고 그때 학생들 대부분이 같은 생각을 했을 겁니다. 우리들은 그때 반딧불처럼 되자고 말했습니다. 여러분 반딧불이 어떤 상징성이 있는지 압니까. 밤에 가냘프게 불을 밝힙니다. 자기 주위만 환하게 말입니다. 그게 우리들이었습니다. 정말 보잘것없었죠. 그런 반딧불이 날이 밝으면 흔적도 없이 사라집니다. 쉽게 말해 어둔 곳의 길 안내자가 되고 싶었고, 어둠이 사라졌을 때는 불 밝혔던 것에 만족하며 사라지는 것 말입니다. 많은 사람들이 그때의 일들이 마치 훈장이나 되는 것처럼 생각하고 있어요. 그건 온당치 않다고 생각되는 겁니다. 학생 이해하겠습니까."

학생은 이해가 되는지 자리에 앉는다.

"선생님. 이라크를 미군이 점령했는데 어떻게 생각하십니까."

바른 자세로 뚫어져라 바라보고 있던 한 학생이 말한다.

"여러분들도 역사를 공부해서 잘 알리라 생각됩니다. 제국주의에 물들어 있던 세계를 말입니다. 그 결과 2차 세계대전이 발발하였고, 그것을 원치 않은 세력에 의해 제국주의의 기동이 바로잡혔습니다. 제국주의는 전체주의와 연결되어 있습니다. 역사적으로 볼 때 파시즘이 득세를 하다가 곧 그것이 몰락합니다. 그 몰락의 와중에 다시 개인주의로 돌아갑니다. 그것이 연속되는 것입니다. 지금은 개인주의가 극치를 이루고 있습니다. 다시 제국주의로 다가가고 있다는 반증이기도 합니다. 이라크의 점령은 미국의 패권주의가 연루된 것이고, 제국주의적 발상이 움트고 있는 것입니다. 그 내면에는 에너지가 있는 것이고요. 나는 솔직히 이런 것들이 우려됩니다. 학생. 이해하겠습니까."

"네."

학생들이 생각하고 있는 인간의 가치에 대하여 언급하고, 현재는 어떤 사회적인 모순의 이슈가 있나 탐구하면서 그것에 대하여 마음을 합해야 한다고 말한다. 학생들은 은규의 말에 감동이 되었는지 뜨거운 박수를 보낸다.

대화시간을 마치고 밖으로 나와 해변을 걷는다. 머리 위에는 늙은 호박 같은 둥근달이 따라온다. 한동안 해변을 걷다 백사장에 앉는다.

지난날은 그랬다. 힘을 합하여 어둠을 밀어내고자 했던 사람들은 빛이 찾아온 후에는 다시 자기 일에 최선을 다하는 것이라는 생각을 했다. 그리고 빛이 찾아오자 그 사람들의 대부분은 처음부터 가졌던 생각처럼 소리 없이 사라졌다.

일어나 조약돌을 주워 잔잔한 바다에 물수제비를 떴다. 바다에 비친 노란 보름달이 마치 바람에 흔들리는 달맞이꽃처럼 파문에 일그러졌다 다시 피어나곤 한다.

8

요즘 들어서 잠을 못 이루는 날이 많습니다. 그래서 찾는 곳이 술집이고, 술집에서 술을 마시고 모든 것을 잊고 살자고 눈을 감으면 어느새 잠이 듭니다.

혼자 있다는 것은 너무도 외롭고 고독합니다. 퇴근하여 텅 빈 방을 바라보고 있으면 얼마나 쓸쓸한지 정말 사각상자 같은 방으로 들어가기가 싫어집니다. 외출하고 들어온 방은 더 그렇습니다. 언제까지 이렇게 살아야 할지 모르겠습니다.

당신이 보내준 책과 편지는 잘 받아 보았습니다. 당신은 아이들만 생각하고 살아가는 듯합니다.

정말 당신이 살아가는 모습이 부럽습니다. 가끔씩 동화를 읽으며 그렇게 느꼈습니다.

사람들 대부분이 자기가 하는 일에 만족감을 느끼지 못한다고 합니다. 그래서 취업한 사람들이 위장취업상태라고 말하기도 합니다. 하지만 당신처럼 당신이 하는 일에 자부심을 느끼고 있고, 또 아이들을 향하여 최선을 다하는 모습을 보면 당신이 존경스럽기까지 합니다.

지난번 당신께 말을 했지만 자꾸만 어떻게 해야 할지 고민입니다. 일 년이 길다면 길고 짧다면 짧은 기간입니다.

교환교수로 나갈까 생각하면 꼭 어떤 일을 앞에 놓고 회피하는 것 같기도 하고 그렇다고 교환교수로 나가지 않는다면 학장과의 관계가 더 어려워질 거라는 생각이 듭니다.

일에 있어서 개인의 사사로운 감정이 지배하게 되면 안 된다고 생각합니다. 요즘 들어 학장이 하는 일이 어쩌면 맞을지도 모른다는 생각을 합니다.

학교를 설립한 이사장과 의견 충돌 없이 잘 지내니 말입니다. 학장의 측근 중 한 교수는 나에게 딱 막힌 사람이라고 합니다. 막힌 사람은 어떤 사람일까 하고 깊이 생각한 적도 있습니다. 그 속에 내 존재도 넣어보면서 말입니다.

지금 다송초등학교에는 키 큰 미루나무가 일렬로 서서 반기고 있겠습니다. 초봄에 갔을 땐 앙상한 가지만 드러내고 있었는데 말입니다. 키 큰 미루나무에 올려져 있는 까치집은 어떻게 되었는지도 궁금합니다. 그리고 가지를 가을이 되면 왜 뭉퉁하게 다 잘라내는지 모르겠습니다. 학교에 있는 두 그루를 제외하고 매년 십여 그루가 줄기만 남겨놓고 베어져 있었고, 이곳 이면도로에 있는 나무도 그렇게 했습니다. 당신은 아실지 모르겠습니다. 어떤 뜻이 있어서인지 다음 편지에 적어 주셨으면 합니다.

어제는 학생들과 무창포해수욕장에 다녀왔습니다. 먼 거리는 아닙니다만 오랜만에 가보는 바닷가였습니다.

집안 식구들이 있었을 때는 종종 시간을 내어 여행도 다녔지만 혼자가 된 후부터는 시내를 벗어나는 일이 거의 없습니다.

모처럼 푸른 바다를 바라보고 있으니 가슴이 확 트이는 기분이었습니다. 방파제 끝에서 바다를 바라보고 있으니 별생각이 다 났습니다.

학생들은 해변 모래사장에서 공놀이를 했고, 과대표는 나에게 찾아와 같이 운동을 하면 어떻겠느냐고 했습니다. 난 운동신경이 없는 터라 사양하고 저녁이 될 때까지 한가한 시간을 보냈습니다. 갈매기와 파도소리. 먼 바다 끝에 한가하게 떠 있는 작은 배들이 있었습니다. 평화롭고 여유로운 모습들이었습니다.

대화시간에 학생들은 사회질서 속에 살면서 모순된 부분을 찾아 그들의 생각을 말하고자 했습니다. 그들이 질문하는 것들이 생각보다는 훨씬 더 용기 있는 것들이었습니다.

지난 오월에는 학생 몇몇이 광주에 갔었습니다. 당신도 알 것입니다. 신문 전면에 실려 있던 모습들을 말입니다.

대통령의 참배를 못하도록 막는 학생들과 경찰들이 대치하고 있던 그 모습을 말입니다. 지금 학생들은 80년 광주의 운동을 통일운동으로 전환하고자 하는 것 같습니다. 정말 기특한 생각이고 기발한 생각입니다. 그렇게 하여 오월을 역사적인 달로 만들려는 것입니다.

제 생각인데 언젠가는 통일이 될 것이고, 그때가 오월이면 얼마나 좋을까 하고 생각했습니다. 오월의 하늘에는 싱싱한 젊은 피가 끓고 있으니 말입니다.

학생들에게 시대에 따라 사회가 요구하는 것이 있다고 말했습니다. 학생들의 대부분이 내 말을 이해하는 것 같았습니다. 기성세대 측면에서 바라보면 다소 건방지게 보일지 모릅니다. 하지만 건방지다는 의미는 기성세대들이 가지고 있던 사고인 것 아닙니까.

어떤 책에서 보았습니다. 기성세대와 신세대들의 괴리는 기성세대가 가지고 있는 사상이 수직적이라는 것 말입니다. 쉽게 말해 나이가 너보다 더 먹었는데 앞에서 담배를 피워도 되느냐는 식입니다. 여러 모임에서도 그런 생각들이 뚜렷하게 나타납니다. 기성세대들도 열린 공간으로 나와야 한다고 생각합니다. 수평적인 생각을 하며 말입니다.

당신이 보내준 두 권의 동화책 재미있었습니다. 정말 오랜만에 읽어본 동화책입니다.

마당을 나온 암탉과 가방을 들어주는 아이는 정말 기발한 생각으로 마음을 열어줍니다. 동화를 읽고 있으니 자꾸만 학교 도서관에 늦게까지 앉아 책을 보던 그때 일이 기억납니다.

당신도 그때를 기억하고 있어 당신의 편지를 읽는 동안에도 편지를 내려놓고 몇 번을 웃었습니다.

시간 가는 줄 모르고 밤늦게까지 책을 읽다가 밖이 어두워져 무서워 집에 가지 못했던 그때 일 말입니다. 결국 당직했던 선생님이 데려다 주면서 화를 내셨습니다. 그때 그 선생님이 어디에 계신지 궁금합니다.

당신은 모를 것입니다만 그때 늦게 집으로 돌아온 후 저녁을 잘못 먹었는지 배가 아팠습니다. 학교도 이틀이나 결석했고 말입니다. 동네 돌팔이 의원 명순이 아버지가 사관을 튼다고 침을 가져왔습니다.

엄지와 검지 사이에 침을 놓은 명순이 아버지는 그 자리를 눌러 검은 피를 뺐습니다. 명순이 아버지는 급채하였다며 침을 맞았으니 조금만 누워 있으면 괜찮아질 거라는 말을 하고 떠났습니다.

의원 가방을 들고 제법 준엄한 표정으로 어머니에게 말하던 명순이 아버지를 떠올리며 이제는 배가 아프지 않을 거라 생각했습니다. 하지만 그렇지 않았습니다. 시간이 갈수록 배가 더 아팠습니다.

어머니에게 숨 넘어 가는 소리로 배가 아프다고 말했습니다. 그리고 그렇게 아플 때마다 화장실을 가야 했습니다. 어머니께서는 밤새도록 배가 아프다고 말하며 화장실로 달음질치자 안 되겠다 싶었는지 새벽같이 돌팔이 의사를 다시 찾아갔습니다. 명순이 아버지가 내 옆에 앉아 배를 쓸며 말했습니다.

"은규 어머니. 회충약 언제 먹였나요."

"……"

어머니는 말이 없었습니다.

밥도 먹기 어려운 판에 회충약을 생각이나 했겠습니까.

"제 생각은 횟배가 틀림없습니다."

주저하는 어머니를 보고 회충약을 먹이지 않았다는 것을 확인한 명순이 아버지는 확신에 찬 모습으로 말했습니다.

"어떻게 해야 합니까."

어머니는 다시 명순이 아버지에게 매달렸습니다.

"횟배요. 회충약을 사 먹여야 합니다."

어머니는 명순이 아버지 말을 듣고 새벽같이 황등으로 달려갔습니다.

왕복 8Km나 되는 거리인데도 한 시간도 되지 않아 도착하였습니다. 어머니께서 황등에 간 동안에도 수도 없이 화장실로 뛰어 다녔습니다.

어머니께서는 돌아오셔서 명순이 아버지에게 돌팔이라며 이를 갈았습니다. 어머니가 지어주신 약을 먹자 설사가 멎는 듯했습니다.

설사병 때문에 이틀 동안 학교에 가지 않았습니다. 배가 아프지 않아 어머니의 만류에도 학교에 갔습니다. 힘은 없었으나 배가 아프지 않아 의자에 앉아 있을 수 있었습니다.

점심시간에 옥수수죽이 나왔습니다. 옥수수죽을 먹고 나자 다시 배가 뒤틀렸습니다. 배를 움켜쥐고 책상에 엎드렸습니다.

자꾸만 대변이 쏟아질 것 같아 가까스로 화장실에 갔습니다. 도저히 공부는 못할 것 같았습니다.

점심시간이 끝나갈 무렵 교무실에 찾아가 조퇴하겠다고 말하고 학교에서 나왔습니다.

얼마쯤 걸었을 때 갑자기 하늘이 검었고, 별이 보였습니다. 등굣길 묘지 주변에 있는 도래솔 밑에 쓰러졌습니다. 얼마가 흘렀는지 모릅니다. 선선한 미풍이 불었습니다. 마치 어머니가 있는 방안 같았습니다. 기분이 좋아 눈을 떠보니 당신과 아이들이 주위에 몰려와 동그랗게 서서 지켜보고 있었습니다.

"여기서 뭘 하는 거야."

아이들 중에서 당신이 앞에 쭈그리고 앉으며 말했습니다. 그때의 상황을 당신은 기억하고 있는지 모르겠습니다.

그때서야 일어나 앉아 당신을 바라보았습니다. 왠지 이마에서 식은땀이 났습니다. 그때서야 내가 쓰러졌었다는 것을 알았습니다. 쓰러졌을 때를 생각하며 엉덩이 부분을 만져 보았습니다. 엉덩이 부분이 불쾌했습니다.

"지금 힘이 없어. 너희들 먼저 가주지 않겠니."

엉덩이 부분을 생각하며 당신에게 부탁하였습니다. 당신은 처해 있는 상황을 감지했는지 아이들을 이끌고 노래를 부르며 먼저 갔습니다.

할 수 없이 잔솔밭으로 들어가 팬티를 벗고, 벗은 팬티로 엉덩이를 닦은 다음 팬티를 다복솔 아래에 숨겨두었습니다. 그리고 아이들이 가버린 길을 피해 황토구릉을 택하여 집 쪽으로 걸어갔습니다.

막 대나무밭 뒤에 이르자 어머니께서 기다리고 있었습니다. 갑자기 눈물이 핑 돌았습니다.

"그러니까 당분간 학교에 결석하라고 말했잖아."

아이들한테 들었는지 어머니는 안아주며 말했습니다.

힘이 없었습니다. 어머니 품에 안겨 다시 쓰러졌습니다. 어머니가 업어 방에 눕혔지만 자꾸만 하늘이 검어졌고 별이 보였습니다. 그때 어머니께 별이 보인다고 말했습니다.

"검은 바탕 위에 노란 별이 보여요. 어머니……"

겨우 그 말을 되풀이했습니다.

"잠을 자면 안 된다. 알았지."

어머니가 그렇게 말했지만 자꾸만 눈꺼풀이 내려왔습니다.

비몽사몽간에 수많은 발자국이 찍힌 텃밭이 보였습니다. 텃밭은 비가 온 후라 물기로 번들거렸습니다. 개구멍을 통해 발자국이 수도 없이 찍힌 텃밭으로 자꾸만 들어갔다가 다시 나오곤 했습니다.

어머니는 자꾸만 내 이름을 불렀습니다. 어머니의 처절한 목소리가 자꾸만 멀어졌다 가까워졌습니다. 마치 산에서 부른 고함소리가 메아리로 멀어졌다 가까워지듯 말입니다.

"너는 절대로 내 곁을 떠날 수 없어."

어머니의 절규에 가까운 목소리가 다시 귓가에 울렸습니다.

무의식중에서 어머니의 손을 꼭 잡았습니다. 어머니의 말속에 죽을 수도 있다는 생각이 들었기 때문입니다.

잠시 후 어머니는 내 입에 설탕물을 흘려보냈습니다. 어머니의 입에서 흐르는 물이라는 것을 직감적으로 알 수 있었습니다.

"어머니. 무서워요."

몇 번이고 그렇게 말했지만 입 밖으로 목소리가 나가지 않았습니다.

"은규야. 눈을 감으면 안 돼. 약국에 갔다 올 것이니 기다려."

어머니의 말을 의식하며 잠이 들었습니다.

잠 속에 술에 취해 비틀거리며 들어오는 아버지가 보였습니다.

지난 겨울 내내 보아왔던 아버지의 형상이었습니다. 아버지는 다른 날과는 다르게 술주정을 하지 않았습니다.

보기 싫은 아버지 얼굴을 바라보았습니다. 평소 검붉은 얼굴이 백짓장 같았습니다. 항상 그랬듯 벽 쪽에 무릎을 세우고 쭈그리고 앉아 있던 어머니를 바라보았습니다. 어머니는 무릎을 세우고 앉아 무릎에 얼굴을 묻고 아버지의 폭력을 기다리고 있는 듯했습니다.

아버지의 행동을 바라보며 어머니께 폭력을 가한다면 이번만큼은 용서하지 않으리라 생각했습니다.

아버지의 행동이 여느 날과는 달랐습니다. 아버지는 무릎걸음으로 어머니 앞으로 갔습니다. 긴장하며 아버지의 행동을 바라보며 숨을 죽였습니다. 아버지는 무릎을 꿇은 그 모습으로 어머니에게 용서를 빌었습니다.

"그동안 내가 잘못했어. 용서해 줘."

갑작스런 아버지의 말에 어머니는 눈을 크게 뜨고 아버지의 모습

을 바라보기만 하였습니다.

이해할 수 없다는 모습이었습니다. 나는 어느새 아버지 뒤에 서 있었습니다. 갑자기 내가 낯설게 느껴져 바라보았습니다.

아버지보다 훨씬 덩치가 있고, 키가 커 있었습니다. 낯선 내 모습을 바라보고 있을 때 약을 사러갔던 어머니가 깨웠습니다.

"은규야. 괜찮아."

어머니는 조용하게 귀에 말했습니다. 어머니의 입술이 귀에 닿을 정도였습니다.

"일어나야지."

어머니의 조용한 말에 눈을 떴습니다. 온몸에 식은땀이 소나기를 맞은 것처럼 축축했습니다.

"약 먹자."

어머니는 그렇게 말하며 일으켰습니다.

일어나 앉자 어지러웠습니다. 어머니가 준 약을 먹고 다시 누웠습니다.

"설사하여 힘이 없을 거야. 그리고 이 약을 먹으면 나을 거야."

어머니가 준 약을 받아먹으며 어머니의 눈을 바라보았습니다. 어머니의 눈에 눈물이 고여 있었습니다.

"은규야. 이제 괜찮아질 거야. 편안하게 잠을 자렴."

다시 눈을 감았습니다. 자꾸만 지난날들이 영화의 한 장면처럼 나타났다가 사라졌습니다. 깊은 어둠 같은 것이 몰려왔습니다. 자꾸만 괜찮아질 거라는 어머니 말이 떠올랐습니다.

얼마나 깊이 잠들었던지 눈을 떴을 때는 오후였습니다. 눈을 떠보니 어머니가 머리맡에 앉아 근심어린 눈으로 바라보고 있었습니다. 나도 모르게 눈물이 핑 돌았습니다.

"어머니. 나 일어나고 싶어요."

"일어날 수 있겠어."

어머니는 그렇게 말하고 일으켜 주었습니다.

앉아 있으니 힘이 없었습니다. 본래 약한 몸에 며칠 동안 먹은 것을 다 쏟아냈으니 그럴 만도 하였습니다. 자꾸만 무엇인가 먹고 싶었습니다. 어머니는 그것을 알았는지 흰죽을 끓여 놓으셨습니다.

하얀 쌀 속에 계란 노른자가 보이는 죽입니다. 몇 수저를 먹으니 다시 입맛이 없었습니다. 겨우 입맛을 찾은 것은 이틀쯤 후였습니다.

당신도 나처럼 심하게 앓았던 기억이 있을지 모르겠습니다. 여러 번 배앓이를 했는데 그때처럼 앓아본 적은 없었습니다. 그래서 어떤 병에 걸리기라도 하면 그때 일을 생각하고 참습니다.

오늘은 그때 걱정스런 표정으로 바라보던 어머니의 눈동자가 그립습니다. 이렇게 늙어가고 있지만 어머니는 늘 어머니인 것 같습니다. 어머니가 보고 싶습니다.

— 은규로부터

집으로 돌아와 아파트 문을 여니 나비처럼 정성스럽게 접어진 쪽지가 문틈으로 들어와 있다.

쪽지의 색깔이 숙이가 쓰는 편지지 색깔과 비슷한 엷은 주황색이라 혹시 숙이가 온건 아닐까 하는 생각에서 황급히 열어본다. 글씨 모양이 다르고 낯설다. 내용을 보니 시내가 써놓은 쪽지다.

쪽지의 내용은 저녁 내 기다리다 간다는 것이고 오는 대로 모딜리아니로 와주었으면 한다는 내용이다.

의미가 없어 보이는 내용이었지만 편지를 써놓고 간 것이 생각해

볼수록 느낌이 이상하다. 시내는 말을 하지 않았지만 고민이 많은 소녀라는 것을 잘 알고 있다.

사람들은 겉과 속이 확연히 다르고, 겉으로 명랑한 듯 보이는 사람이면 십중팔구는 고민이 많고, 말이 없고 고민이 많아 보이는 사람은 그와 반대로 고민이 덜하다는 것을 그간 학생들과의 상담에서 수없이 보아온 터다.

모딜리아니로 향하는 골목이 한산하다. 일본식으로 지어진 건물에서 풍겨나는 것 때문에 다소 이질감은 있어 보이지만 그 나름대로 고풍스럽다.

건물 앞에 서 있는 가지가 잘려 장승같았던 플라타너스에서 어느 새잎이 나와 우거져 있다. 사람들은 보이지 않았지만 드문드문 여러 색깔로 장식한 간판불이 한산한 거리로 쏟아져 나와 거리를 밝혀준다.

어둠 속으로 안개가 피어나고 있는 골목을 지나 곧장 모딜리아니로 들어간다. 모딜리아니로 들어서 먼저 앉아 있곤 했던 자리를 바라본다.

그 자리에 시내가 앉은 자세로 바라본다. 시내가 앉아 있는 테이블 위에는 맥주 다섯 병이 올려져 있고, 그 앞에 마시다만 맥주잔이 쓸쓸한 모습으로 놓여 있다. 카운터를 지나치자 카운터에 앉아있던 여자가 일어선다.

"오셨어요."

여자가 웃으며 말한다.

"얘, 시내야. 선생님 오셨어."

여자는 시내가 일어서지 않자 손님을 맞으라 하지만 미동도 하지 않고 그대로 앉아 다가오는 은규를 바라본다.

"시내가 우울한가 봐요. 벌써 며칠째 저래요. 오늘은 낮술까지 마셨어요."

여자는 할 수 없다는 듯 변명을 한다. 여자를 뒤로하고 시내 앞에 앉는다.

"좋지 않은 일이라도 생긴 거야."

조심스럽다.

"어제는 집 앞에서 두 시간 가량 기다렸어요. 상담 좀 하려고요."

우울한 표정을 한다.

"시내가 심각하니 다른 면을 보는 것 같아."

시내의 표정을 살핀다.

"한잔 하시겠어요."

시내는 맥주잔을 내민다.

"그래."

맥주는 좀처럼 마시지 않았지만 시내의 잔을 받는다.

"선생님. 미안해요."

취한 목소리다.

"왜?"

시내의 얼굴을 바라보며 얼마나 술이 취해있는지 살핀다.

"선생님. 문 앞에서 기다린 거 남들이 볼 수도 있는데 말입니다."

시내는 술은 취했지만 애써 속내를 감춘다.

"괜찮아. 쪽지를 보니 생소한 느낌이 들었어."

호주머니에서 쪽지를 내보인다.

"부끄러워요."

얼굴을 붉힌다.

"글은 자꾸 써봐야 되는 거야."

"언제 써 보았는지 모릅니다."

시내가 멋쩍게 웃어 보인다.

"그래 할 말이 뭔가."

시내의 표정을 살피며 맥주를 한 잔 마신다.

"이제 이곳을 떠나려고요. 더 이상 이 도시에 머물러 있기가 싫어졌어요. 아버지가 어떻게 생겼는지 얼굴이라도 보고 싶었는데 그게 잘되지 않아요. 주민등록증에 나타나 있는 어머니가 살았던 곳을 다 찾아보았는데 그곳에 찾아가 보면 주위 사람들은 모두 어머니 혼자 살았다는 이야기만 했습니다. 그 딸이 이렇게 컷느냐며 깜짝 반기는 사람들이 많았죠. 하지만 이제는 지쳤습니다. 사람을 찾는 다는 것도 그렇지만 이렇게 사는 삶 자체가 그래요. 선생님을 만나기 전에는 몇 번 죽으려고 하굿둑에 갔었어요. 하지만 사람 목숨이라는 것이 그렇게 쉽게 내 마음대로 되지 않았어요."

시내는 그 말을 하고 고개를 숙인다.

"그래 갈 곳은 있어."

고개를 숙이고 있는 시내를 바라본다.

"이 도시를 무작정 떠나고 싶습니다."

시내는 한숨을 섞어 말한다.

"마음이 결정됐으면 시내 생각대로 움직여 보는 것도 나쁘진 않다고 생각해. 하지만 무엇 때문에 괴로워하고 있는지 그걸 해결해야 되거든. 사람들은 다 시내처럼 생각하지. 하지만 궁극적인 그 무엇을 발견하고 해결하지 않으면 항상 마음속에 응어리처럼 남아 있거든."

시내의 표정이 슬프다.

"그래서 말인데요……"

시내는 어떤 이야기를 하려다 멈추고 술잔을 든다.

"뭔데? 말해봐."

말을 하지 않으려는 시내에게 달래듯 말한다.

"……선생님. 시간이 있으면 같이 여행을 다녀왔으면 해서요."

한동안 망설이고 있던 시내가 겨우 말한다.

"여행?"

"네."

결심한 듯 그 말을 하고 맥주잔을 비운다.

갑작스런 시내의 제안에 생각에 잠긴다.

"힘든 부탁인줄 압니다. 하지만 전 선생님이 남 같지 않습니다. 꼭 어디엔가 살아계실 아버님 같이 생각되고요. 또 그랬으면 좋겠다고 생각했습니다."

조심스럽게 말하며 표정을 살핀다.

"그래. 그럼 구체적으로 생각한 곳이라도 있나."

반승낙한 것처럼 말한다.

"선생님께서 승낙을 하시면 그때부터 구체적으로 계획을 세우겠습니다."

시내의 표정이 승낙한 것으로 생각하는지 밝아진다.

"내가 낼 수 있는 시간은 토요일과 일요일뿐이야."

할 수 없이 승낙한다.

"그럼 제가 일박 이 일로 계획을 세워 말하겠어요."

밝은 표정으로 맥주를 마시고 잔을 내민다.

"그것이 그렇게 어려운 말이었나."

잔을 받는다.

"네. 혹시 승낙을 해주지 않으시면 어떻게 할까 했어요."

"사실 시내와 단둘이서 여행을 하는 것은 생각해보지 않은 일이고, 아내 말고는 한 번도 여자와 둘이서 여행을 한 적이 없었어."

"고마워요."

"그렇게 생각할 필요는 없어."

시내는 계속해서 맥주를 따른다. 그때마다 따라준 맥주잔을 비우고 시내에게 돌린다.

"선생님. 오늘 선생님 집에서 자면 안돼요."

시내가 취한 소리로 말한다.

"안 돼. 남들이 보면 뭐라 하겠나."

단호하다.

"이상스런 사이가 아니잖아요."

"그래도 안돼요."

"알았습니다."

단호하게 말하자 술에 취한 시내가 토라진다.

시간이 갈수록 시내는 더욱 취한 목소리를 한다. 시내의 취한 모습을 보며 자리에서 일어난다. 모딜리아니는 찾아오는 술손님이 없다. 항상 왼쪽 자리 끝에 앉아 게슴츠레한 눈을 비비며 여자를 바라보곤 했던 사내도 오늘은 보이지 않는다.

일어나자 여자가 빠른 걸음으로 다가온다.

"시내는 어떻게 하고요."

여자가 마치 책임지라는 투다.

"제가 어떻게 합니까."

여자를 바라본다.

"지난번에도 시내를 재워 줬으니 이번만이라도 그렇게 하면 안되겠습니까."

여자를 똑바로 바라보자 여자의 말이 사정조로 바뀐다.
"안됩니다."
더욱 단호하게 말한다.
"의지할 곳이 없어 저러는 가 봅니다. 선생님을 아버지처럼 생각해서 그러니 이해 좀 해주세요."
여자가 그렇게 말하자 시내를 바라본다. 어느새 시내는 탁자에 얼굴을 묻고 있다.
"좋습니다. 이번이 마지막입니다."
할 수 없이 시내를 일으킨다.
"이번이 마지막이야. 정말이야."
소금에 절인 배추처럼 늘어져 있는 시내를 부축한다.
"마지막……."
시내는 모딜리아니를 나오며 중얼거린다.
집으로 들어와 몸을 가누지 못하는 시내를 침대에 눕힌다. 시내는 계속 알아듣지 못할 말을 중얼거린다. 한동안 중얼거리는 시내를 내려본다. 얼굴이 파운데이션으로 얼룩져 있고 눈가엔 먹물이 얼룩져 마치 검은색을 칠한 피에로가 연상된다.
한동안 시내를 내려다보다 스타킹을 벗기고 이불을 덮어준다. 중얼거리던 시내는 잠이 들었는지 고른 숨소리로 바뀐다. 창 앞에 서서 안개 속의 도심을 바라본다. 바람에 안개가 움직일 때마다 유령처럼 검은 사각 건물이 눈앞에 나타났다 사라진다.
딱딱한 잠자리에서 눈을 뜬 은규는 어느새 일어나 창밖을 바라보고 있는 시내를 바라본다.
시내는 아무것도 걸치지 않은 모습으로 창밖을 바라보고 있다. 마치 화가가 그린 여인의 나신처럼 뒷모습이 매끈하고 아름답다.

누운 자세로 시내의 뒷모습을 바라본다. 시내가 돌아서자 다시 눈을 감는다. 잠시 부스럭거리는 소리가 들리고 멈춘다.

담배를 피우는지 라이터를 긋는 소리가 나더니 담배 냄새가 풍긴다. 다시 눈을 뜨고 창 쪽을 바라본다.

시내는 여전히 아무것도 입지 않은 모습이고 한 손에는 담배가 들려져 있어 담배 연기가 공중에 매달린 흰 털실처럼 흐느적거린다.

벽시계를 바라보며 일어날 시간이 되었음을 감지하고 잔기침을 한다. 하지만 시내는 끔쩍도 하지 않고 그 자리에 서 있다. 할 수 없이 자리에서 일어나 앉는다. 시내는 그때서야 돌아본다.

"선생님. 일어나셨어요."

시내가 아무렇지 않은 듯 말한다.

"그래. 옷을 입어야지."

눈길을 피한다.

"전 집에서도 옷을 입지 않고 잠을 잡니다."

시내는 자기의 나신을 바라보라는 듯 말한다.

"여긴 시내 집이 아니야."

시선을 다른 곳으로 돌린 채 말한다.

"알았어요."

시내는 침대로 들어가 이불을 덮는다.

"출근 시간이 다 되었어."

일어나라는 투다.

"선생님. 저는 조금 더 잠을 자고 싶은데 안 되겠어요."

당돌하다.

"……언제까지 있을 건가."

잠시 동안 주저한다.

"선생님이 퇴근할 때까지요."

옷을 입으며 당돌하게 말하는 시내를 바라본다.

"선생님. 그렇게 바라보지 말아요. 무서워요."

시내는 이불 속에서 얼굴만 내민다.

"그럼 열쇠가 여기 있으니 나가고 싶거든 잠그고 경비실에 맡겨요."

할 수 없이 그렇게 말하고 집을 나선다.

학교로 향하며 매끈한 시내의 나신을 상상한다. 등줄기를 타고 목까지 이어진 척추의 마디마디가 마치 옷에 붙은 단추처럼 선명한 나신이 눈앞에 아른거린다.

도리질하며 시내의 모습을 털어낸다. 그럴수록 시내의 모습이 마치 끈적이에 달라붙은 쥐처럼 더욱 조여오는 기분이다.

학교에서 내내 시내의 나신이 눈앞에서 보이는 것처럼 흔들거린다. 그때마다 시내의 모습을 털어내려고 일에 집중한다.

시내가 아직 집에 있을까 하는 생각으로 일찍 퇴근하여 벨을 눌러본다. 안에서 아무런 인기척이 없자 다시 눌러본다. 시내에 대한 생각을 단지 어린 딸같이 생각하자는 것인데 자꾸만 여자로 보인다.

"누구세요."

시내가 안에서 대답한다.

"문 열어요."

시내가 조심스럽게 문을 연다.

"잠은 잘 잤나."

안으로 들어간다.

“이 시간이 귀가 시간인가요.”

시내가 멋쩍은 표정으로 바라본다.

“오늘은 시내가 집에 있어 빨리 왔지.”

윗옷을 벗어 옷걸이에 건다.

“그래. 오늘 생각은 많이 했나.”

소파에 앉는다.

“네.”

“이리로 앉아 말해봐. 어떤 생각을 했는지.”

머뭇거리던 시내가 앞자리에 앉는다.

“먼저 여쭈어볼 말이 있어요. 어제 여행을 같이 하자는 말에 동의했는데 지금도 그 말이 유효한지 궁금해요.”

시내의 태도가 조심스럽다.

“당연하지.”

다소 무리가 있는 결정이었지만 결정한 것에 대하여는 변명하거나 피하지 않는 성격이다.

“생각해보았는데 이번 토요일과 일요일이 적당할 것 같아요.”

그렇게 말하고 바라본다.

“장소는 어디인가.”

결정을 담담하게 받아들이면서 말한다.

“강원도 사북.”

시내는 생각을 많이 해두었는지 머뭇거리지 않는다.

“정선에서 한참 들어간다는 그 사북 말인가.”

의외라는 표정으로 말한다.

“예.”

“그곳에 가야 할 사정이 있는 거야.”

"예."

시내는 그렇게 말하고 소파에서 일어나 창가로 간다.

"사북은 먼 곳이야. 그곳에 탄광도 있고, 지금은 카지노가 성업이라던데. 카지노 때문인가. 아니면 탄광 때문인가."

"둘 다에요."

생각을 많이 해서인지 시내의 대답은 주저함이 없다.

"좋아. 사북을 한번 가보았으면 했는데 잘되었네."

이번 여행이 시내를 위한 것이라고 생각하며 시내의 결정에 따르기로 한다.

"저희 아버지는 이곳 사람인데 어머니의 고향이 사북이랍니다. 어머니는 사북에서 아버지를 만났을 때의 이야기를 곧잘 하셨습니다. 죽는 그날까지도 사북 땅을 그리워했습니다. 제가 태어난 곳도 사북이고, 사북에서 태어나 두 살 때 아버지를 따라 이곳으로 온 겁니다."

창가에 서서 우울한 표정으로 말을 한다.

"시내는 사북을 전혀 기억하지 못하겠는걸."

"별 기억이 없어요. 초등학교 졸업 무렵에 한번 다녀왔지만 특별하게 기억되는 곳은 없습니다. 하지만 어머니께서 말했던 곳이 어렴풋하게 떠오릅니다. 가보았던 그때가 생각나서가 아니라 어머니께서 주변을 묘사해 그렇게 생겼을 거라 상상하는 겁니다."

"어머니께서 어떻게 말씀하셨는데."

시내의 탄생이 의외라 생각한다.

"어머니는 광부의 딸이었답니다. 광부의 딸로 그곳 사북에서 살고 있는데 아버지를 만난 거죠……"

서러운지 한동안 말을 멈춘다.

"그럼 아버지도 광부였나."
"처음부터 광부는 아니었고 이곳에서 사업을 하다 실패하여 피신차 그곳에서 광부생활을 했답니다."
"피신차."
"사북에서 일하는 광부 중에 그런 사람들이 더러 있었답니다. 그런 사람들 대부분은 어느 시기가 지나면 그곳을 떠난답니다."
"그래."
시내의 마음속에 깊은 곳의 응어리 같은 것이 그곳에서부터 연류되었을 거라 짐작한다.
"선생님. 전 이제 출근합니다."
스타킹을 신고 숄더백을 걸친다.
"토요일 어디서 만날까. 아침 일찍 출발하는 것이 좋겠는데."
시내의 과거 이야기를 전부 듣지 못해 아쉬웠지만 과거를 억지로 들을 수는 없는 일이라 생각하고 집을 나서는 시내를 바라본다.
"여덟 시에 제가 이곳으로 오겠어요."
잠깐 생각하던 시내가 돌아서며 말한다.
"알았어. 그럼 그때 만나기로 해."
시내는 왠지 쓸쓸한 모습으로 집을 나선다.
시내가 나가자 창가에 서서 창밖을 내려다본다. 도심에 저녁 안개가 뿌옇게 피어나고 있다. 마치 시내의 앞날 같기도 한 안개다.

9

당신이 다송초등학교를 떠나 시내 학교로 나간다고 생각하니 마음이 허전했습니다. 마치 고향을 떠날 때와 같은 느낌이었습니다. 그날이 언제일지는 모르겠으나 그날이 온다면 무척 슬플 거라는 생각이 듭니다.

요즘 들어서 고향을 생각하고 다녔던 초등학교를 생각하게 하는 것이 다 숙이 당신 때문인 것 같습니다. 사실 어제는 당신 편지를 접하고 하루 내내 우울했습니다. 초등학교를 졸업하고 곧장 헤어져 고등학교가 마쳐질 즈음에 만나고 겨우 이제야 서로 얼굴을 마주 볼 기회가 되었는데, 이제 다시 도심의 학교로 전근 가게 될 것 같다는 것은 당신과 어쩌면 마주 볼 기회가 영영 사라지는 것 아닌가 하는 생각이 들었습니다. 당신이야 어디에서든 보면 될 것이 아닌가 라고 말할지 모르지만 지금까지 지나온 시간을 생각해보면 그런 생각이 듭니다.

당신은 초등학교를 졸업하고 아버지를 따라 서울로 올라갔고, 저는 고향에 남아 중학교를 다녔습니다. 그리고 고등학교를 마칠 무렵에야 동창회가 열려 우연히 당신을 보았습니다.

동창회가 끝난 그날 모두 떠나가버린 교정을 뒤로하고 당신과 우후 늦게 소나무숲으로 갔습니다. 소나무숲을 걷다가 왕소나무가 우거진 숲 중앙에 위치한 서당 모퉁이 돌계단에서 오후 내내 이야기를 했지요. 유년의 기억을 떠올리며 말입니다.

땅거미가 지고 밤이 되자 소쩍새가 울었습니다. 하지만 우리의 이야기는 끝이 없었습니다. 당신이 서울에서 살았던 이야기와 서울에서 만났던 친구들의 이야기 그리고 당신의 꿈인 교사의 길에 대하여 말했습니다. 그때 당신이 듣고 싶어 하는 당신이 떠났을 때의 고향 소식을 말해주었고, 당신은 고향 이야기를 재미있게 들었습니다. 그렇게 소곤거리다가 가끔씩 당신이 큰소리로 웃으면 소나무 위에서 잠 깬 비둘기들이 뒤척이는 소리가 들렸습니다. 꽤 먼 곳에서는 소쩍새가 목이 터져라 울고 있었고, 당신은 피곤한지 내 어깨에 머리를 기댔습니다. 당신의 냄새가 코끝에 느껴졌습니다. 풋풋한 코스모스 향기 같은 그런 냄새 말입니다. 저는 나도 모르게 당신의 입술을 훔쳤고, 당신은 저항하지 않고 눈을 감았습니다. 그리고 한참 후 당신의 눈에 이슬이 반짝였습니다. 마치 소나무숲을 뚫고 보이는 밤하늘에 반짝이는 별같이 말입니다.

지금도 당신의 눈에 머문 이슬이 무엇을 상징하는지 알길이 없습니다. 가끔씩 그것이 사랑이라 생각하기도 합니다. 그때 당신은 너무도 귀엽고 사랑스러웠습니다.

당신의 얼굴만 바라보자 민망했던지 당신은 하늘에 별을 바라보

았습니다. 당신의 눈이 하늘의 별보다도 더 초롱초롱하고 반짝거린다고 말했습니다. 당신은 헛말처럼 정말이냐고 말하며 좋아했습니다.

찰랑거리는 당신의 단발머리에 이슬이 촉촉이 올라와 있을 때 우린 숲 속을 걸어 나왔습니다. 길 가장자리를 지나칠 때면 풀잎에 맺혀 있는 이슬이 발길에 차였습니다.

그 후로 당신을 보지 못했습니다. 이 나이가 되도록 말입니다. 결혼하고 고향으로 눈을 돌릴 즈음에야 당신이 생각났습니다. 그 공간이 이십여 년이 흐른 그때부터입니다.

당신에게 관심을 보이는 말을 친구들에게 말하자 당신을 어렴풋이 아는 친구들이 토막토막 말을 해주었습니다. 당신은 초등학교 학생들을 가르치는 선생님이고, 혼자 살고 있다는 것까지……

당신이 나와 함께 다녔던 그 학교로 전근왔다는 소식을 접한 것은 늦장가로 자식을 늦게 두어 겨우 초등학교 학부형이 된 동네 친구로부터였습니다.

지금도 당신이 혼자라는 말이 왜 그렇게 마음에 걸리는지 모르겠습니다. 종종 기우 같은 생각을 했습니다. 혹시 저 때문에 그렇게 되지나 않았나 하고 말입니다.

당신은 혼자가 편해서 그런다고 편지에 써보냈지만 그 말을 진실로 받아들이지 않아 안타깝습니다.

그때부터 당신을 마주볼 용기가 나지 않았습니다. 생각 같아서는 당장에라도 달려가고 싶었지만 조금 생각해보면 그게 쉬운 것이 아니었습니다.

이 편지를 쓰는 이 순간에도 당신을 마주볼 용기가 없습니다. 못 만날 이유가 없는데도 말입니다.

창밖에는 자꾸만 안개가 짙어갑니다. 이 안개 도시는 봄철과 가을철엔 거의 매일 이렇게 나타납니다.

정말 당신과 마주앉아 이야기를 하고 싶습니다. 중년이 된 당신의 귀밑머리에는 아마 희끗희끗 흰머리가 있을지 모르겠습니다.

저는 벌써 앞머리가 잡히지 않습니다. 자꾸만 옆머리를 끌어다 덮곤 합니다만 지금은 옆머리마저 자꾸만 가늘어집니다. 세월이 유수 같다는 말이 실감납니다.

당신이 아버지를 따라 서울로 떠나가던 그때 일들이 눈에 선하게 보이는 듯합니다. 얼마 되지 않은 동네 사람들이 트럭에 실려 있는 짐과 당신 가족들을 바라보았습니다. 그때 당신이 당신 아버지 옆에 붙어 낯선 곳으로 떠나는 것이 두려운지 큰 눈을 끔벅거리는 모습을 보았습니다. 그때의 그 모습이 오래도록 기억에서 떠나지 않았습니다.

당신의 글엔 묘사가 풍부하여 편지를 읽으면서도 당신의 생각 속으로 깊이 빨려 들어가는 것 같았습니다.

당신의 아버지는 선견지명이 있으신 분 같습니다. 당신이 떠나간 후 극심한 흉년이었습니다.

우리집은 중학교에 진학하는 것은 고사하고 하루하루 끼니가 걱정이 되었습니다.

어머니께선 양식 때문에 동분서주하였습니다. 어머니께선 할 수 없이 양식값을 비싸게 받고, 품삯을 적게 주는 이웃 동네 부자 박씨네 집에가 양식을 빌려오곤 했습니다. 모내기할 때 일로 갚겠다고 하고서 말입니다.

어머니께서 그 와중에 중학교에 보냈습니다. 겨우 입학금을 납부했기 때문에 삼월에 개학했는데 고무신을 오월까지 신고 다녔습니다.

어머니는 매일 모를 심고 저녁에는 고단한지 방안에서 끙끙 앓았습니다. 매일 정문에서 학생규율 선생님과 선배들로부터 고무신을 신고 다닌다고 벌을 받았습니다.

하지만 집안 사정을 알기 때문에 어머니에게 신발을 사달라는 말을 한마디도 하지 못했습니다.

매일같이 학생규율 선생님으로부터 벌을 받아도 계속 운동화를 신고 오지 않자 따로 교무실로 불렀습니다.

속으로 이제 내 입장을 알아주는가보다라고 생각하며 교무실로 따라 들어갔습니다. 교무실 원탁 앞 의자에 앉은 선생님은 분노에 찬 얼굴로 말했습니다.

그때서야 내 생각과는 다른 것을 직감할 수 있었습니다. 기가 죽어 고개를 숙였습니다. 학생규율 선생은 차츰 목소리가 높아졌습니다. 그리고 숨소리도 내 귀에 들릴 만큼 컸습니다.

"내 말이 말 같지 않나."

선생님의 고함소리에 숨이 턱까지 차올랐습니다. 말을 못했습니다. 집안 사정이 어렵다고 말을 했어야 하는데 그 상황에서는 도저히 그 말이 떨어지지 않았습니다.

"야. 말해봐 새끼야."

고개를 더욱 숙이며 곁눈질로 주위 선생님들을 바라보았습니다. 주위의 교사들이 하나같이 경멸의 눈초리로 바라보았습니다. 화를 내는 선생님을 보자 주눅이 들기보다는 순간적으로 분노가 치밀어 올랐습니다.

"저런 놈 때문에 우리 학교가 망신을 당하는 거야."

지켜보던 선생님 한 분이 지나가며 말했습니다.

순간적으로 학생규율 선생님을 노려보았습니다.

자기를 지원하는 동료교사의 말을 들은 학생규율 선생님은 그때부터 구타하기 시작했습니다.

몇 번의 따귀를 때리고 다시 발길질이 내 가슴팍에 박혔습니다. 아팠으나 꿋꿋이 일어서서 계속 선생님을 노려보았습니다. 그럴 때마다 수도 없이 발길질이 이어졌습니다.

지금 생각해보아도 그때 그 선생님의 교육수단은 감정적인 인간의 행동이었습니다. 얼마 동안 정신을 차릴 사이도 없이 맞다가 선생님의 마지막 발길질에 출입문 쪽으로 튕겨져 나왔습니다. 문 밖 복도에 거꾸러진 채 터진 입술을 닦으며 선생님들을 바라보았습니다. 제 모습이 처절했던지 교무실 선생님들은 바라만 보고 있었습니다. 그때였습니다. 과학을 맡았던 정 선생님이 빠른 걸음으로 뛰어왔습니다.

"선생님. 이래도 되는 겁니까."

학생규율 선생님 앞에 선 정 선생님이 화를 냈습니다.

"공부만 잘하면 뭐합니까. 인간이 돼야지요."

학생규율 선생님이 정 선생에게 씩씩거리며 참견 말라는 투로 말했습니다.

교무실에 앉아 있던 선생님들 몇몇이 저와 정 선생을 보며 희미한 미소를 보내고 있었습니다. 그 희미한 미소 속에는 정 선생을 경멸하는 모습도 있었습니다.

"선생님께서 하는 지금의 행위는 감정입니다."

학생규율 선생님은 가소롭다는 식으로 정 선생을 노려보았습니다.

"제 말이 틀립니까."

정 선생은 처음보다 더 또렷하게 말했습니다.

"학생의 태도를 보십시오."

학생규율 선생은 자기의 잘못을 인정하지 못하겠다는 듯 큰소리로 말했습니다.

"어린 학생이 잘못을 했으면 얼마나 잘못했겠습니까. 이렇게 하는 것은 어린 학생이 잘못했다 하더라도 선생님이 잘못하는 것입니다."

정 선생은 학생규율 선생님께 한 걸음 나아가 말했습니다.

"이건 내가 할 일입니다."

그렇게 말한 학생규율 선생은 정 선생의 끈질긴 논리에 자리를 피해 선생님들에게로 갔습니다.

그 틈에 정 선생님은 저를 일으켜 세워 수돗가로 데리고 갔습니다. 그리고 얼굴에 얼룩져 있는 피를 닦아주고 운동장이 내려다보이는 벤치에 앉았습니다.

"은규 학생. 내가 은규 학생을 보아왔지만 고무신을 신고 다니는 것이 반항심에서 한 행동이 아니라고 확신하는데……"

그때서야 눈물이 나왔습니다. 하지만 선생님에게는 우리 가정의 어려운 사정을 한마디도 하지 않았습니다.

그 후 오월 어느 날입니다. 어머니께선 틈틈이 보리를 타작하고 보리를 팔아 운동화를 사왔습니다.

어머니께 내색은 하지 않았지만 운동화를 신기보다는 어디에 버리고 싶었습니다. 괜한 반항심이었습니다.

어머니는 눈앞에서 운동화를 신어보라고 하였지만 운동화를 들고 옆방으로 들어가 버렸습니다. 그리고 곧장 책상 앞에 앉아 책꽂이에 꽂혀 있는 책을 바라보기만 하였습니다. 눈물이 나왔습니다.

어린 나이였지만 이렇게 공부를 해야 하나 하는 생각이 들었습니다. 막 눈물을 훔치고 나니 쪽문이 열렸습니다.

"무슨 일 있었어."

어머니는 모든 것을 알고 있다는 듯 내 볼을 쓰다듬었습니다.

"아무 일도요……"

희미하게 학생규율 선생의 앙다문 옥니를 생각했습니다.

"너에게 무슨 일이 있었구나. 이제 운동화도 있으니 자신 있게 걸어가렴. 넌 어디든 갈 수 있어. 멀리로…… 아주 멀리로…… 네가 생각하는 곳으로 가려면 꼭 신발이 필요한 거야. 초등학생 때처럼 신발 한 짝을 잃어버려선 안 돼."

어머니가 하는 말이 무엇을 상징하는지 알 수 없었지만 그냥 슬펐습니다. 볼에 스친 어머니의 작은 손이 일에 시달려 마치 이물질처럼 느껴졌습니다.

우리 마을에서 함열에 있는 중학교에 가려면 서울 쪽으로 걸어가야 하는 것을 당신도 잘 알겁니다. 그때 항상 철길을 택하여 걸어갔습니다. 서울 쪽으로 쭉 뻗어 있는 철길로 걷다보면 어쩌다 기차가 철길 위로 달려왔습니다. 어떤 땐 힘찬 말발굽 소리처럼 들릴 때도 있었고, 어떤 땐 지친 마라토너의 거친 숨소리처럼 들릴 때도 있습니다.

지나쳐 기차가 떠나간 곳을 물끄러미 바라보며 서울을 상상했습니다. 그리고 어머니가 말했던 어떤 미지의 곳을 상상했습니다. 또 희미하게나마 당신이 떠나간 서울도 상상해 보았습니다.

중학교에 들어간 그 해 여름이었습니다. 이웃 마을 박씨네의 특용작물을 농사하는 하우스에서 일을 하고 있던 둘째 형이 군에 지원했다고 했습니다.

나이가 어려 안 된다고 신체검사를 맡았던 군의관이 말했지만 형은 그 군의관에게 사정하여 겨우 합격한 것입니다. 지금은 생각하기 어려운 일입니다만 그땐 그게 통했습니다.

큰형보다 먼저 작은형이 군에 가는 날 어머니 눈은 퉁퉁 부어 있었습니다. 그 후로 형이 훈련을 받는다는 육 개월 내내 어머니는 밤마다 울었습니다.

어머니는 그때마다 제대로 해준 것 없이 군에 보낸 것을 슬퍼했습니다. 어머니는 말은 하지 않았지만 모든 형제들을 사랑했습니다. 하지만 형제들은 저처럼 자기만 유독 사랑했다고 착각하는 거지요. 이런 말도 있지 않습니까, 열 손가락 깨물어 아프지 않은 손이 있느냐고 말입니다.

훈련을 마친다는 형의 편지가 온 것은 형이 군에 가고 육 개월이 지나던 어느 날이었습니다.

그때에 맞추어 어머니는 형이 좋아하는 인절미를 새벽까지 만들었습니다. 어머니가 빚으시는 인절미를 주워 먹다가 어머니 옆에 쓰러져 잠이 들었습니다. 어머니는 새벽이 되어 깨웠습니다. 새벽 기차를 타려고 그랬던 겁니다.

어머니는 새벽까지 만든 따뜻한 인절미를 머리에 이고 한 손으로 손을 잡았습니다. 아직 어둠이 눅눅한 새벽 익숙지 않은 걸음으로 어머니를 따라 기차역으로 갔습니다.

플랫폼에서 서울 쪽으로 길게 뻗어져간 새벽 기찻길을 바라보았습니다. 작은 구릉을 뚫고 휑하니 뚫린 공간이 마치 천 길이나 되는 것처럼 깊고 어두웠고, 먼 곳의 색조는 푸른색이었습니다. 너무나 깊고 멀어 마치 다른 세상으로 들어가는 길 같았습니다.

앞쪽에서 기차가 창백한 불빛을 뿜어내며 나왔습니다. 기차가 멎고 마치 화난 황소의 콧김 같은 김을 토해냈습니다. 김을 토해내는 소리가 고래의 숨소리 같기도 했습니다. 그렇게 한동안 멈춰 서있던 기차는 얼마 후 떠나갔습니다.

기차가 떠나자 다시 깊은 색깔로 변해 있었습니다. 그곳엔 푸른 연기 같은 것이 허공에 머물러 있어 더 깊게 보였습니다. 무서웠습니다. 저렇게 생긴 곳이 어머니께서 늘 네게 말했던 미지의 세계라는 곳으로 생각되었습니다.

그때부터 언젠가 떠나야 할 그 미지의 공간이 희망보다는 무서움의 대상이었습니다. 그때 북쪽만 바라보고 있자 어머니께서 말했습니다.

"기차는 저쪽에서 오게 되어 있단다."

어머니가 가리키는 곳을 바라보았습니다. 그곳도 똑같았습니다. 성장해서도 간이역인 다산역에서 보았던 그 새벽 기찻길이 머릿속을 떠나지 않습니다.

얼마 동안 기다리자 힘이 센 공룡처럼 소리를 꽥지르며 기차가 달려왔습니다. 순간적으로 어머니의 치맛자락을 붙잡았습니다. 기차는 바람을 일으키며 옆을 지나 멈춰 섰습니다. 기차는 옆에서 힘이 넘치는지 흰 김을 토했습니다.

기차 안은 훈훈했습니다. 자리에 앉자 졸음에 지친 목소리로 사람들 틈을 비집고 다니는 장사치가 지나갔습니다. 사람들은 잠에 지쳤는지 지나가는 사람을 바라보지도 않고 옆으로 자리만 비켜주었습니다. 그때 처음 타보는 기차 여행이었지만 많은 사람들의 표정을 볼 수 있었습니다.

진해에 도착하여 해군들이 살고 있는 기지로 들어갔습니다. 하얀 옷을 입은 수병들이 열을 지어 절도 있는 걸음으로 움직이는 것이 보였습니다.

정문에서 안내하는 군인의 말에 따라 수병의 집이라고 써 있는 건물로 들어갔습니다. 어머니는 그곳에서 형의 이름을 대고 면회를 신청하였습니다. 그때부터 어머니의 눈은 형이 나타날 창 쪽에서 떼지 못하고 있었습니다.

면회를 담당하던 수병이 어머니를 바라보며 어디론지 연락을 주고받았습니다. 그러다가 수병이 어머니를 불렀습니다. 갑자기 어머니의 얼굴빛이 달라졌습니다.

"어머니. 지금 함 내에 초병으로 근무하고 있답니다. 근무를 바꾸어 달라고 했으니 조금만 참고 기다리십시오."

수병은 의자에 앉아 편하게 기다리라며 의자를 가리켰습니다.

"전 이게 편해요……"

어머니는 계속 창 앞에서 서성이며 시선을 떼지 않았습니다. 한 시간가량이 지나자 누군가 헐레벌떡 수병의 집으로 뛰어들었습니다.

눈부시도록 하얀 옷을 입은 형이었습니다. 형은 어머니 앞에서 거수경례를 하고 마치 목석처럼 그 자리에 서 있었습니다. 어머니는 그렇게 서 있는 형의 손을 잡았습니다. 어머니 눈에는 그렁그렁 눈물이 맺혀 있다가 이내 떨어졌습니다.

"그래 잘 지냈고……"

어머니가 형의 손을 잡아 볼에 부비며 말했습니다.

"걱정 마십시오. 부모님이 염려하지 않아도 이곳에서 대한의 남아답게 살고 있습니다."

형은 말투가 딱딱하면서도 절도가 있었습니다.

면회를 담당하고 있던 수병이 무언가 기록을 마쳤는지 형을 불렀습니다. 형은 몇 가지 지시를 받고 돌아왔습니다.

형은 어머니와 저를 데리고 밖으로 나와 잔디밭으로 향했습니다. 그 잔디밭에는 여러 사람들이 면회를 하고 있었습니다.

잔디에 앉자 형의 말투가 그때서야 변했습니다. 그때 형은 이제 훈련이 다 끝나고 군함으로 배치를 받을 거라는 말을 했습니다. 면회를 마치고 돌아오는 길 내내 어머니의 얼굴엔 수심이 쌓여 있었습니다. 그 후 형은 군함에 배치되어 기관을 담당하는 하사관으로 근무했습니다.

당신도 오빠가 있어서 군인들의 모습을 잘 알 것입니다. 그때 형에게서 받았던 그 인상이 오래도록 머리에서 떠나지 않았습니다. 그래서 고등학교를 다닐 때엔 잠시나마 해군사관학교에 들어가겠다는 생각도 했었습니다.

자꾸만 당신 모습이 선명하게 다가오는 것 같습니다. 언제 당신이 떠나게 될지 알 수 없으나 꼭 한번은 만났으면 합니다.

오늘도 창밖에는 안개가 자욱합니다. 해변 쪽으로 길게 난 길 양쪽에서 주황색 가로등이 보입니다. 주위의 안개가 온통 살구색으로 물들어 있습니다.

— 은규로부터

새벽까지 숙이에게 편지를 쓰고, 시내와의 약속 시간을 생각하며 눈을 감는다. 꿈속에서 숙이와 만난 그 서당 흙담 그늘 옆 돌계단이 보인다. 숙이는 서울에서 있었던 이야기를 끝없이 재잘거린다. 숙이의 말을 흘려보내다 숙이의 어깨에 손을 올려놓자 재잘거리던 입을 멈춘다. 귀밑머리에 흩어진 머리카락 사이로 얼핏 숙이의 얼굴을 바라본다. 싫지 않은 표정을 한 숙이는 다음 행동이 없자 다시

하던 말을 계속한다. 숙이의 머리가 자신의 어깨에 닿을 정도로 팔에 약간의 힘을 준다. 숙이는 자연스럽게 어깨에 자기의 몸을 의지한다.

"나를 어떻게 생각해."

한동안 말을 멈춘 숙이가 들릴 듯 말 듯한 음성으로 말한다.

"……"

어떤 말이든 해주고 싶었으나 마땅한 단어가 떠오르지 않아 우물거린다.

"어떻게 생각하느냐고."

방금 전보다 조금 큰소리로 말한다.

"……다른 친구들과는 다르다고 생각해."

마지못해 그렇게 말하고 한숨을 몰아쉰다.

"……왜 그렇게 자신감이 없어."

숙이가 머리를 움직여 볼을 바라본다.

"어떻게 해야 할지……"

숙이의 입김이 볼에 닿는 것을 느낀다.

"나를 바라봐. 똑바로 말야."

너무나 가까이 와 있는 숙이의 입술을 바라본다. 숙이의 입술은 마치 달밤에 피어나곤 했던 달맞이 꽃잎처럼 부드러웠고 입술이 움직일 때마다 달맞이꽃이 달빛을 받아 막 피워내던 순간같이 가늘게 떨었다. 숙이의 입술을 바라보며 눈을 감아버린다. 더욱 가까이 다가온 숙이의 입술이 입술을 덮친다. 입속으로 혀를 밀어 넣는다. 가끔씩 거칠고 격정적인 숨을 내쉬고는 집요하게 입속을 자극하고, 한 손으로 등을 끌어당긴다.

그때다. 마치 먼 곳에서 달려오는 호루라기 소리처럼 금속성의 벨소리가 들린다. 눈을 뜨고 시계를 바라본다. 7시다. 일어나 시계의 벨소리를 정지시키고 다시 눈을 감는다. 숙이의 모습이 아스라이 떠오른다. 코스모스 같이 청순하기만 했던 숙이가 이제는 중년의 모습이다. 한동안 누워 숙이를 생각하다 일어나 배낭을 꾸린다. 오랜만에 떠나는 여행길. 자꾸만 아내와 다니곤 했던 여행길이 떠오른다.

배낭을 다 꾸리니 벨소리가 들린다. 누군지 확인도 하지 않고 배낭을 메고 밖으로 나간다. 시내는 청바지에 노란 점퍼 차림이다.

"나갈 준비를 했군요."

시내가 웃으며 바라본다.

"여행은 정말 오랜만이야."

아파트 키를 채운다.

"사북까지는 얼마나 걸릴까요."

엘리베이터 안에서 시내가 말한다.

"여섯 시간쯤."

시내는 무언가 골똘히 생각한다.

뒷좌석에 배낭을 던져 놓는다. 차가 안개 낀 시내의 외곽을 향해 달린다. 시내는 창밖을 바라보며 생각에 잠겨 있다.

"걱정거리라도 있나."

마지못해 말한다.

"……"

시내가 무슨 말인가를 하려다 멈춘다.

"고민거리가 뭐야."

시내가 계속 창밖을 바라보자 은규가 말한다.

"저녁 무렵에 사북에 도착할 수 있었으면 하는데……"

시내가 어렵게 말한다.

"저녁 무렵."

"네."

시내는 부탁한다는 듯한다.

"그럼 중간에 좋은 곳을 구경하면서 가면 되지."

대수롭지 않게 대답한다.

"그렇게 해주실 수 있어요."

시내의 얼굴이 환해지면서 미소를 띤다.

"더 좋을지 몰라."

"고마워요."

"그래 저녁에 들어갈 어떤 사연이라도 있는 거야."

"어머니의 이야기가 떠올라서 그래요. 꼭 그렇게 갔으면 했어요."

"어떤 이야기인데."

"어머니는 아버지가 사북에 들어올 때의 이야기를 자주했어요. 어느 추운 겨울날 땅거미가 내려오던 시각에 군용트럭 한 대가 탄좌의 광부들이 사는 아파트 앞마당에 섰고, 십여 명의 사람들이 군용트럭 뒤에서 뛰어내렸답니다. 차가 없었던 때라 민간인들이 군용트럭을 얻어 타고 사북으로 들어오는 사람들이 많았답니다. 군용트럭에서 뛰어내린 사람들은 군인이 아니고 민간이어서 유심히 바라보니 사람들은 지쳐 있었지만 막일을 하는 사람들 같지는 않아 보였답니다. 그중 얼굴에 살집이 있고 풍채 또한 도톰하게 생긴 한 사람이 어머니를 보고 웃었고, 어머니는 그 사람을 보자 고개를 돌렸지만 얼굴 전체에 귀티가 흐르는 그 사람이 싫지는 않았던 겁니다. 그때부터 운명처럼 어머니는 그 사람을 생각하게 되었고, 결국 그 사람과 연애를 한 겁니다."

시내는 다시 창밖으로 시선을 돌린다.

"그렇게 하여 어찌어찌 돼서 시내가 생겼다 그거야."

시내에게서 이야기를 더 끌어낼 요량으로 그렇게 말한다.

"이야기는 많아요. 어머니는 술만 드시면 저를 앞에 앉혀놓고 귀가 따가울 정도로 말했으니까요."

시내는 시선을 창밖을 바라보며 말한다.

"그래?"

"계속해도 되겠어요."

"재미있는데."

"그래요. 그럼 계속할게요. 그날부터 어머니 눈에는 콩깍지가 낀 거죠. 어머니는 본래 광부의 딸로 태어나 자랐기 때문에 얼굴이 희고 부티가 나는 사람을 처음 접해본 겁니다. 사북탄좌에 취업한 아버지는 일반 광부들과 똑같은 생활을 하였고 어머니는 늘 아버지를 지켜보았습니다. 그러던 어느 날 갱도에서 일을 끝내고 돌아오는 아버지에게 다가가 말을 했고, 두 사람은 그날부터 가까워졌답니다. 휴일엔 사북에서부터 이어진 계곡을 따라 정선 소금강까지 데이트를 했고, 그렇게 지내다보니 어머니와 아버지는 이미 헤어질 수 없는 상태에까지 된 겁니다. 비극은 그때부터 시작된 거죠."

시내는 그 말을 끝으로 말을 마친다.

차는 어느새 호남고속도로로 접어든다. 시내는 계속 차창 밖을 바라본다. 시내의 작은 한숨소리를 들으며 차를 몬다.

"재미없는 이야기죠."

한동안 말이 없던 시내가 은규를 바라본다.

"재미있어. 사실은 다음 이야기가 궁금했거든."

"그래요."

시내는 건성으로 대답하고는 잠시 무엇을 생각하다가 다시 입을 연다.

"외할머니는 입버릇처럼 어머니께 바다가 보이는 먼 곳으로 가서 살라고 말했답니다. 앞이 툭 트인 바다가 보이는 곳 말입니다. 그곳으로 가서 어느 곳으로든 훨훨 날며 살라고 말이죠. 지금 생각해보면 외할머니께서 말했던 곳이 강릉 쪽이 아니었나 생각됩니다. 그곳에서 멀지도 않은 곳이니 말입니다. 하여튼 외할머니는 사북과는 전혀 다른 지형을 말했던 겁니다. 하지만 그렇게 말하던 외할머니는 그곳을 평생 떠나지 못했답니다. 어머니는 그 때문에 아버지가 유부남인 것을 알면서도 고난을 감수했던 것 같습니다."

시내는 눈시울을 붉혔다. 그리고 목이 메이는지 자꾸만 훌쩍거린다.

"그럼 시내가 찾아다녔던 아버지가 유부남이었던가."

시내의 아버지가 유부남이었다는 사실을 알고 놀라는 표정이다.

"그래요. 아무리 생각해도 어머니가 이해가 되지 않아요."

시내는 자신이 사생아였다는 것이 부끄러운지 얼굴을 붉힌다.

"그럴만한 이유를 찾아야지. 무턱대고 시내의 시선으로 어머니의 잘못을 말할 수는 없는 거야."

시내를 달래듯 말한다.

"어머니는 아버지와 같이 살면서 그곳을 떠나려 했던 겁니다. 사북에서 내가 태어났으니 그 핑계로 그곳에 눌러 살아도 될 일을 굳이 군산으로 온 것을 보면 말입니다. 세월이 지나자 광부를 그만둔 아버지는 고향인 군산으로 나와 어머니를 데리고 나온 겁니다. 군산에 도착하자마자 어머니와 나를 군산에서 조금 떨어진 옥구에 방을 얻어 살게 하고, 본집으로 들어갔습니다. 그때부터 아버진 두 집

살림을 차린 거죠. 아버지가 두 집 살림을 하는 것이 안쓰러웠던지 어머니는 아버지 몰래 아버지가 살고 있는 집으로 찾아가 아버지의 본부인에게 그때까지 있었던 전후 사정을 말하고 용서를 빌었습니다. 그러나 그 집 사람들은 어머니를 이해할 너그러운 사람들이 아니었습니다. 한동안 조리돌림을 당한 어머니는 집으로 돌아와 아버지를 원망해 보았지만 헛일이었습니다. 아무리 생각해도 현실을 극복할 방법이 없었습니다. 내가 초등학교에 들어갈 무렵까지 혼자 살던 어머니는 학교 문제도 있고 해서 하는 수 없이 비응도라는 섬으로 들어갔던 거지요. 마침 비응도에 홀아비가 살고 있어 그 사람을 택한 겁니다. 그 집 호적에 그때부터 올려졌고 바닷가 생활을 시작한 겁니다."

시내는 깊은 한숨을 몰아쉰다.

"시내는 다시 사북에 들어간 적이 있다면서."

"초등학교 때입니다. 정선에서 사북으로 들어갔던 기억이 납니다. 그때 마침 정선장이어서 노천장터 천막 안에서 만드는 자장면을 먹었던 기억이 생생해요. 그때 그 자장면이 어찌나 맛이 있었던지……"

"우리도 정선으로 들어가 시장을 구경하다 사북으로 가는 것이 어떨까."

시내가 원하는 것을 알고 그렇게 말한다. 이번 여행만큼은 시내의 뜻대로 해주고 싶어서다.

"제가 원하는 코스도 그 코스예요."

시내는 자기 생각대로 되어지자 얼굴이 환하다.

"호남고속도로를 거쳐서 중부고속도로로 또 영동고속도로로 가야 되거든 그렇게 되면 생각보다 더 멀게 가는 거지. 지도가 있으니 한번 보라고."

의자 뒷주머니 속에서 지도를 꺼내 시내에게 넘긴다.

"영동고속도로 인터체인지를 봐 어디로 빠져나가야 되는지."

시내는 지도를 펼쳐놓고 세밀하게 살핀다. 호남고속도로에서 경부고속도로로 내려서는 길이 반원을 그리고 있다. 반원을 따라 미끄러져 내려온다. 부산 쪽에서 올라온 차량들과 합류한다. 차량 번호판이 경상도 지방의 번호판과 합세되면서 혼합되는 느낌을 받는다.

"이제 경부고속도로야."

지도를 살피던 시내가 앞서 달리는 차들을 바라본다.

"대구, 경북, 부산, 경남, 전북, 전남, 광주 다 모였네요."

스치는 차 번호판을 바라본다.

"이제 조금만 가다보면 충남 차들도 눈에 보일거야."

"저기 대전 차도 보이네요. 충남 차도요."

시내는 두리번거린다.

"왜 시내 어머니는 서해 쪽을 택한 것일까."

시내의 말을 유도해 내기 위해 혼잣말처럼 한다.

"그건 나도 모르죠. 하지만 한 가지 기억나는 것이 있어요. 사북에 처음 찾았을 때 어머니는 나를 데리고 대덕산에 있는 검룡소를 찾아간 일이 있어요. 어머니는 그곳에서 내 옷을 벗기더니 그 물에 씻어 주었어요. 그리고 한동안 그 물에 발을 담그라 하였습니다. 검룡소가 어떤 곳인지 아세요."

"가보지 않아 잘은 모르지만 그곳이 한강 발원지라는 곳이지."

아내와 같이 여행하면서 가보려고 했던 검룡소다. 검룡소 입구에 다다르자 장맛비로 도로가 끊어져 할 수 없이 되돌아왔던 것을 생각한다.

"어머니는 그곳에서 흘러나온 물로 내 몸을 씻기면서 더 크면 군산을 떠나 서울로 가라 말했어요. 그 뜻이 무엇인지도 모르는 나이였으니 그 말을 한동안 잊어버렸어요. 지금에야 어렴풋이 그 말뜻을 알 수 있으니…… 저 무척 어리석죠."

"그건 당연한 거야. 초등학생인 시내가 그 말뜻을 어떻게 알아듣겠어."

시내는 다시 지도를 펼친다.

"그래 어디로 빠져나가야지."

"정선으로 가려면 영동고속도로에서 속사 인터체인지로 나가야 되겠어요. 인터체인지에서 정선까진 먼 거리인데요."

시내는 지도를 보며 말한다.

"그래."

속사 인터체인지를 생각해본다.

언젠가 아내와 함께 다녀왔던 정선 소금강이 눈에 선하게 떠오른다. 천길 수직 암벽 사이로 조양강 물이 흘렀다. 천해의 절경이었으나 첩첩으로 막힌 산이 마치 천옥에라도 들어온 기분이었다.

아내는 소금강을 바라보며 바람도 새어들지 못할 곳이라고 말하며 좋아했다. 그때 소금강으로 가는 길에 정선 시장을 들렀다. 5일장으로 2일과 7일에 서는 곳이다. 그곳 생약공판장에 들러 아내가 가시오가피를 샀던 기억을 떠올린다.

"선생님. 어떤 생각을 그렇게 골똘히 하세요."

"정선을 생각해보았지."

"선생님. 혹시 정선아리랑을 알아요."

"글쎄. 듣기는 많이 들어 보았지만……"

"제가 한번 불러볼까요."

"할 줄 아나."
"그럼요. 이곳이 내 고향인데."
대답이 끝나자마자 시내는 정선아리랑을 부른다.
"눈이 올라나 비가 올라나 억수장마 질라나. 만수산 검은 구름이 막 모여든다. 아우라지 뱃사공아 배좀 건네주게 싸리골 올동백이 다 떨어진다. 아리랑 아리랑 아라리요. 아리랑 고개로 나를 넘겨주소."
"제법인데."
"선생님도 같이 따라 해봐요."
노래를 끝낸 시내가 다시 정선아리랑을 부른다. 시내의 목소리를 따라 흥얼거린다.
정선에 도착한 것은 예정시간보다 늦은 오후 3시가 되어서다. 차를 조양강 둔치에 주차시키고 아내와 같이 걸었던 그 장터로 향한다.
장날이라 장터에 사람들이 북적댄다. 한눈에 볼 수 있는 것은 산촌에 사는 순박한 사람들의 얼굴 표정이다. 사람들 대부분이 노인들이다. 그들은 하나같이 주름 잡힌 얼굴에 눈이 깊숙이 파여 있고, 그 속에는 태백의 정기를 받아서인지 광채가 있다. 언젠가 사진작가의 사진첩에서 보았던 얼굴이 떠오른다.
"오늘이 장날이네요."
어린아이처럼 좋아한다.
"그럼 고향이 여기라며 장날도 몰랐나."
"내가 여기서 살았나요."
"이곳은 2일 7일 이렇게 5일마다 장이 서."
시내는 장날의 시장을 바라본다.

"왜. 너무 잘 알아서."

시내를 본다.

"어떻게 장 서는 것까지 알아요."

시내는 얼굴 하나 가득 웃음을 띤다.

"이곳으로 오기 전 다 알아봤지."

차일 안에는 갖가지 물건들이 진열되어 있다. 차일은 장이 끝나면 모두 철거하여 다른 장으로 이동하는 것들이다.

"저기에서 자장면이나 먹어요."

시내가 차일 가장자리에 있는 자장면 파는 곳을 가리킨다.

구수한 냄새가 코를 자극한다. 금방 부서질 것 같은 엉성한 나무의자에 앉아 자장면을 시킨다.

자장면을 먹은 후 아내와 같이 갔던 생약공판장 약초시장 쪽으로 발길을 돌린다. 시내는 영문도 모르고 은규를 뒤따른다.

약초시장에 도착하니 그때 그 사람들이 그대로다. 일없이 이것저것 고르다가 가시오가피 앞에 멈춰 선다.

"이거 어떻게 합니까."

노인에게 말하자 노인의 깊게 패인 눈동자가 번득인다.

"이게 만 원이래요."

노인은 가래가 끓는 소리로 나무뭉치를 포장한 비닐 봉투를 들어 보인다.

포장된 가시오가피 두 포를 산다.

차로 돌아온 것은 다섯 시가 넘어서다. 산골이라 빨리 해가 진다는 것을 생각해 사북 쪽으로 빠르게 달린다.

"여기에서 사북까지는 약 40킬로가 되지."

"40킬로요."

"약 한 시간 남짓이야."

"사북으로 들어갈 때 어머니와 이곳에서 버스를 탔었어요. 어찌나 산이 깊던지 무섭기까지 하더군요. 이 시간보다 늦은 시간이었습니다. 주위가 어둑어둑했고 사북에 도착하니 이미 어두워진 후였으니까요."

시내의 이야기를 들으며 조양강을 따라 사북으로 향한다.

"참, 어머니가 검룡소에서 나를 씻어주며 무어라 말했는지 알아요."

"뭐라 했을까."

"이 물이 서울로 가기 때문에 여기서 몸을 씻으면 서울에 가서 살아도 익숙하게 살 수 있을 거라 말했어요."

"그래."

시내의 어머니 모습을 상상해본다. 자신의 한을 딸에게 남겨주지 않으려고 애썼던 모습들이 보이는 것 같다.

시내는 그 말을 끝으로 사북에 도착할 때까지 아무 말도 하지 않고 창밖으로 펼쳐진 조양강을 바라본다. 조양강을 따라 펼쳐진 붉은 절벽이 마치 높은 성벽을 연상시킨다.

사북에 도착한 것은 여섯 시가 넘어서다 사북은 땅거미가 시나브로 내려오고 있다. 먼저 가까운 곳에 여관을 잡고 사북탄좌가 있는 곳으로 올라간다.

시내는 광부들이 살고 있는 아파트 한 곳을 가리키며 어머니가 저기에 살았었다고 알려준다.

탄좌 주차장에 차를 세워두고 밖으로 나와 탄광의 건물을 바라본다. 을씨년스럽게 생긴 건물 뒤로 광부들이 갱도로 들어가는 길이 보였지만 사람들은 보이지 않는다. 시내는 마치 아버지의 채취라도 느껴보려는 듯 건물 주변에서 맴돈다.

"아무것도 느낄 수 없어요."

한동안 건물 주위에서 맴돌던 시내가 다가와 쓸쓸한 표정으로 말한다.

"지금도 광부들이 있을까."

사람들이라도 있으면 위안이라도 될까 해 한 말이다.

"이젠 가요. 더 이상 이곳을 생각하지 않겠어요."

차에 오른다.

"저 위쪽으로 한번 가볼까."

올라오면서 본 이정표를 생각하며 말한다.

"위쪽에 무엇이 있나요."

시내가 의문스런 모습으로 말한다.

"카지노가 있지. 현대판 도박장이야."

그렇게 말하고 카지노가 서 있는 곳으로 차를 몬다.

작은 언덕에 오르자 녹색 건물이 나타난다. 을씨년스럽고 어두워 괴기스럽기까지 하던 탄광의 건물과는 너무도 대조적인 건물이다.

"어떻게 저런 건물이 이런 산골짝에 있어요."

카지노를 바라보며 눈을 끔벅거린다.

언덕에 차를 세운다.

마치 중세의 성 같은 분위기의 건물에서 흘러나오는 녹색의 광채가 산허리를 감싸고 있다. 우측 편으로 약간 치우쳐 있는 엘리베이터가 황색으로 불빛을 깜박이며 오르락내리락한다. 사치스러운 건물을 바라보던 은규는 다시 산 아래를 바라본다. 너무도 상반된 얼굴이다. 마치 외계인들이 만들어놓은 또 다른 도시를 바라보는 것 같다.

"이제 내려가요. 무서워요."

한동안 카지노를 바라보던 시내가 두려운 시선으로 말한다.

사실은 은규 역시 그곳으로 올라가는 것이 두렵다. 은규는 차를 돌려 아래로 향한다. 산 아래로 내려가는 동안 올라 올 때는 생각 없이 지나쳐왔던 조그만 가게들이 불을 밝히고 늘어서 있는 것이 보인다. 허름한 건물과 컨테이너 박스뿐인 그곳에는 하나같이 전당포 건물이다.

"이상한 일이네요. 이런 산골에 저런 호텔은 뭐고 전당포는 또 뭡니까."

낯선 읍내의 표정을 바라본다.

"……글쎄 나도 모르지."

어떻게 설명해야 할지 생각하다 그렇게 말한다.

여관 앞에 차를 세우고 차에서 내렸으나 시내는 내려오지 않는다.

"왜."

내려오라며 말한다.

"여기를 빨리 벗어나고 싶어요. 내가 생각하는 고향과는 너무도 차이가 있어요."

우울한 표정이다.

시내에게 변화되고 있는 사북을 설명하다 마땅한 말이 떠오르지 않아 할 수 없이 차를 몰고 사북을 빠져나간다.

시내는 우울한 표정으로 이미 어두워진 창밖을 바라보다 가끔씩 뒤를 돌아 사북 쪽을 바라본다.

10

오랜만에 여행을 다녀왔습니다. 아내가 미국으로 떠나고 난 후 처음으로 가보는 여행이었습니다.

이번 여행은 갑작스럽게 결정되었습니다. 당신도 알고 있는 모딜리아니를 다니는 시내라는 소녀 있죠. 그 소녀와 같이 다녀왔습니다.

시내는 고민이 많은가 봅니다. 의지할 곳이 없어서인지 자꾸 눈물을 보입니다. 남들 시선이 두렵기도 했습니다만 할 수 없이 같이 떠나기로 결정했습니다.

저야 딸처럼 생각하지만 남들이야 이해하겠어요. 어쩌면 당신도 나를 이해할지 모르는 판에 말입니다.

사람이 산다는 것이 얼마나 우울합니까? 저도 시내 나이였을 적에 방황을 많이 했습니다. 그땐 가지고 있는 고민을 툭 터놓고 이야기할 사람이 없었습니다.

시내의 처지를 보면 자꾸만 가엾어졌습니다. 술을 마시고 횡설수설하기는 하지만 천성이 그런 아이는 아니라 생각되었습니다.

시내는 착한 아이입니다. 마음 쓰는 것도 그렇고 생각하는 것도 그렇습니다. 이번 여행도 조심스럽게 말해 승낙한 것입니다.

이번 여행의 목적지가 정선과 사북이었는데 정선은 그런대로 좋은 인상이었지만 사북은 달랐습니다.

정선은 아내와 십여 년 전에 가보았던 그대로였습니다. 하지만 사북은 영 달랐습니다.

시내는 사북이 고향이라 정선보다는 사북을 가고 싶어 했습니다. 사북으로 가는 동안 말이 없었습니다. 두 살 때 사북을 떠났고, 초등학교를 졸업할 무렵 한번 어머니와 함께 다녀왔다는 사북이 얼마나 그리웠겠습니까?.

정선에서 사북으로 향할 때 어머니의 이야기를 주로 했습니다. 아버지가 어머니에게 말했다는 정선에서 사북으로 들어가던 때의 아버지 생각입니다.

차를 몰고 사북으로 들어가는 내내 시내의 아버지가 가졌을 심리적 상황을 생각해보았습니다. 모든 것을 잃은 한 남자의 모습이 눈에 선하게 그려졌습니다. 절경인 정선 소금강은 천옥 같은 절벽이었을 것이고, 소금강을 따라 흐르는 옥같이 맑은 조양강물이 마치 배수에 진을 친 절박한 상황이었을 거라는 생각을 했습니다.

사북에 도착했을 때 산그림자가 내려앉고 있을 때였습니다. 사북탄좌가 있는 아파트를 지날 때까지는 설레는 표정이었습니다.

사북탄좌에 도착하여 어스름하게 숨어 있는 탄광 사무실을 보고부터는 쓸쓸한 표정으로 변해있었습니다. 자기 아버지를 찾아보려고 군산땅을 전부 뒤졌지만 찾을 길이 없었던 이야기를 들어서인지 시내의 표정이 그렇게 느껴졌습니다.

사북은 많이 변해있었습니다. 조그만 탄광의 도시가 이미 아니었습니다. 탄좌로 들어서는 길에는 수십여 개의 전당포가 자리 잡고 있었고, 그곳의 마당에는 수십 대의 외제 차량들이 먼지를 뒤집어 쓰고 있었습니다.

정말 산골의 순박한 그리고 소박한 그런 정취는 전혀 찾아보기 힘들었습니다.

읍내로 나오자 사람들의 표정이 사뭇 달라보였습니다. 정선 사람들과는 너무도 다른 모습들이었습니다. 인식을 그렇게 해서 그런지 깊고 깊은 산골 마을의 사람들이 아니었습니다.

사람들은 자기가 처해 있는 상황에 따라 그렇게 변해가는가 봅니다. 그것이 진보인지 퇴화인지 지금으로서는 알 수 없습니다. 하지만 산골의 분위기와는 맞지 않았습니다.

시내도 같은 생각인지 그곳에 하루도 있기가 힘들다며 가자고 졸랐습니다. 여관도 얻어 놓았는데 잠을 자지 않고 할 수 없이 다시 오던 길로 돌아왔습니다.

피곤했지만 그것이 나한테도 나은 것 같았습니다. 괜한 오해 같은 것을 받을 우려가 사라졌으니 말입니다.

오는 길에 이야기를 많이 했습니다. 시내가 대학을 졸업한 학생이라는 것을 그때서야 알았습니다.

시내는 고등학교 때의 이야기와 대학 때의 이야기를 많이 했습니다. 그리고 모딜리아니가 아닌 학교에서 만나 본 적이 있다고까지 말했습니다. 물론 저는 전혀 기억이 없었습니다.

모딜리아니에서 저를 알았지만 모르는 척했다는 겁니다. 그렇게

까지 감쪽같이 속일 수 있느냐고 말했더니 속이려면 철저하게 꾸며 속여야 한다며 천진하게 웃었습니다.

사람은 믿을 수 없다는 것을 또 한 번 느꼈습니다. 허무하기까지 했습니다. 시내는 고등학교 때의 이야기를 주로 했는데 고등학교 때서야 자기 아버지가 따로 있는 것을 알았답니다.

여고 때의 이야기를 듣고 있으니 당신이 말했던 그 이야기가 떠올랐습니다. 여학교에서 있었던 이야기 중 총각 선생님인 물리 선생님이 좋아 그 과목만은 늘 백 점을 받았다는 이야기 말입니다. 시내의 생각이나 당신의 생각이 별 차이가 없었습니다. 여성들은 그렇게 여고 시절을 보내는가 봅니다.

저는 정말 어렵게 중학교를 마쳤습니다. 중학교를 졸업하고 바로 고등학교에 진학할 수 있는 여건이 아니었습니다. 바로 위 형도 중학교만 졸업하고 서울로 일을 하러 떠나버렸고, 중학교 3학년이 되자 동생이 1학년으로 들어왔습니다.

그런데 참 이상한 일이 벌어졌습니다. 그렇게 경멸하던 중학교 학생규율 선생이 동생 담임선생이 되었습니다. 그 선생님은 동생에게 장학금을 주려고 학교에서 있는 작은 일을 시켰습니다. 방송 시설을 관리하는 일입니다. 뒤늦게 우리의 처지를 알았던 것 같습니다.

중학교를 졸업하고 할 수 없이 형이 있는 서울로 갔습니다. 형은 어린 나이였지만 열심히 해서 그런지 그때 벌써 기술자가 되어 있었고, 저는 형이 자취하는 자취방에서 빈둥빈둥 놀았습니다.

형을 따라 일을 하려 가려하면 나오지 못하게 하였고, 어떻게 해서든 고등학교에 보내줄 테니 공부나 열심히 하라는 것이었습니다.

제가 하는 일은 형이 들어오는 시간에 맞춰 밥을 해놓고 방을 깨

끗하게 치워놓는 일이었습니다.

한번은 형이 일을 하는 공장으로 무작정 찾아갔습니다. 조그만 체구에 어떻게 일을 해내는지 알고 싶어서였습니다.

형은 아무렇게나 생긴 화강석에 조그만 구멍을 내고 있었습니다. 형이 집으로 들어가라 말했지만 그곳에 서서 지켜보았습니다. 조그만 구멍을 정으로 판 다음 그곳에 다시 조그만 쇳조각을 넣고 해머로 내리쳤습니다. 그렇게 몇 번을 거듭하자 그 큰 원석이 보기 좋게 갈라졌습니다. 엄청난 일이었습니다. 그렇게 여러 조각을 낸 형은 도면을 꺼내 원석과 도면을 번갈아 바라보며 생각에 잠겼습니다. 가까이 가서 도면을 바라보니 인자한 모습을 한 부처가 손을 내밀고 있었습니다. 저런 돌을 어떻게 저렇게 만들려고 하나 생각하며 형에게 말했습니다.

"저 돌로 이렇게 만들려고 하는 거야."

형은 깊은 생각을 하다 바라보며 말했습니다.

"이것을 조각이라고 하는 건데 아무나 못하는 거야. 열심히 한다고 되는 일도 아니지."

그렇게 말하며 조각되어 있는 가장자리로 갔습니다.

"이것이 한 달 전에 완성한 거다."

용이었습니다. 용이 한 손에 여의주를 들고 있는 조각이었습니다. 용은 지구본을 감싸고 있었는데 너무나 멋이 있었습니다.

"형이 이걸……"

놀라며 용을 바라보았습니다.

"저 돌도 이제 석 달이면 인자한 부처님으로 변하지."

형의 모습에서 위대한 조각가 로댕과 미켈란젤로를 생각했습니다.

그때부터 형이 일하는 모습을 멀리서 종종 바라보았습니다. 형은 연장 그릇 속에 담겨져 있는 일본식 이름의 연장을 하나하나 알려 주었습니다.

표면을 다듬을 때 쓰는 비상과 다디기, 원석을 쪼개는 고야시키, 정, 망치. 그런 것들이었습니다.

형의 기술은 신기에 가까웠습니다. 정을 바라보지도 않고 망치와 정을 맞추어 원석을 파내고 가끔씩 검은색 돌인 오석에 글씨를 팠는데 정말 정교했습니다.

항상 저녁이 되면 연장을 수선했는데 조개탄을 피워 풀무로 부친 다음 그 속에 연장을 넣고 달궜습니다. 끝을 뾰쪽하게 하거나 예리하게 하는 작업이었습니다. 그 일을 할 때면 공장에 있는 사람들이 모두 함께 모여했습니다.

혼자 흩어져 자기의 일을 하다가 다시 모이면 사람들은 하나가 되었습니다. 연장 수선을 마치면 다시 연장을 벌겋게 달구어 물속에 넣었습니다. 너무 많이 넣어두어도 부러진다며 적당한지 두드려 보며 정도를 정했습니다. 어떻게 쇠의 성질을 아는지 기술은 무한한 것 같았습니다.

그렇게 시간을 보내고 있을 때입니다. 그날따라 형은 늦게 돌아왔습니다. 술도 한잔했는지 얼굴이 붉었습니다.

"이렇게 세월을 보내면 안 돼."

집안 형편 때문에 어쩔 수 없이 이렇게 있는 거라고 무언에 표정을 하였습니다.

"이제 공부를 해야 돼. 돈 걱정은 하지 말고. 기술자인 이 형이 있잖아."

형은 그렇게 말하며 테두리가 갈색인 나무창을 바라보았습니다.

"봐라. 너도 보았지. 내가 조각해놓은 것 말야. 그 조각품들을 만들려고 얼마나 노력한 줄 알아. 남들이 자는 시간에도 나가 일을 했어. 위대한 화강석 조각가가 되려고 말이지. 그렇게 노력한 결과가 뭔 줄 알아."

형은 일어서서 창문을 열고 창밖을 바라보며 말했습니다.

형의 말의 뜻을 전혀 알아듣지 못했습니다. 우물쭈물하자 형은 다시 말했습니다.

"내가 만들어 놓은 용이나 부처가 어떻게 팔리는지 알아."

형의 알 수 없는 공허한 얼굴을 바라보다 말했습니다.

"어떻게 팔리는데."

"내가 만들어낸 그것들은 다 여기 주인인 교수님 명의로 팔리게 되어 있어. 아주 높은 가격으로 말이야. 도면이 우선인 것이지."

그렇게 말하고 앞에 앉아 자기 손바닥을 보여주었습니다. 형의 손바닥은 정말 언젠가 보았던 곰 발바닥 같았습니다. 우리에서 쇠창살을 흔들어대던 그 억센 곰 발바닥 말입니다.

"형처럼 이렇게 되어서는 안 돼. 그래서 공부해야 하는 거야."

형은 허망한 얼굴로 말하며 자리에 누웠습니다.

형의 눈꺼풀이 점점 내려왔습니다. 형은 사람은 이름을 남겨야 하는 거라고 말하고 잠들었습니다.

순간적으로 형이 만든 용과 앞으로 만들어질 부처를 생각해 보았습니다. 수염이 몇 자나 됨직한 용이 지구본을 감싸고 있는 모습이 눈앞에 아른거렸습니다.

자리에서 일어나 형이 일하는 공장으로 달려갔습니다. 아무도 없었습니다. 달빛 속에서 지구를 움켜쥔 형이 만든 용을 바라보았습니다.

용이 잡고 있던 지구을 풀고 달려들 것만 같았습니다. 그럴 때마다 좌우로 움직였습니다. 용의 눈도 나를 따라 움직였습니다. 참 이상했습니다. 나중에 안일이지만 어떤 조각품도 다 같았습니다. 그것은 조각 작품의 눈알이 움직이는 것이 아니라 보는 사람의 시선이 움직이는 것이라고 형이 말했습니다.

그날 저녁 용에게 조약돌을 던졌습니다. 그 조약돌이 아가리를 벌리고 있는 용의 입에 정통으로 맞았습니다.

다음날 저녁 형은 집에 들어와 어떤 놈이 용의 이빨을 부러뜨려 용의 앞니를 보수하느라 힘들었다고 투덜거렸습니다. 시치미를 뚝 떼고 그런 일이 있었냐며 걱정해주는 척했습니다.

그곳에서 그렇게 형의 일하는 모습을 지켜보다 겨울이 되어 이모 집이 있는 충남 예산으로 갔습니다.

이모 집에는 내 또래의 정희라는 딸이 겨울방학을 지내고 있었습니다. 숫기가 없어 정희와는 이야기를 하지 않았습니다. 하지만 좋아하는 책들이 정희 방 책꽂이에 빼곡히 꽂혀 있어 늘 정희 방을 기웃거렸습니다. 그러다가 정희가 방을 비우면 방으로 들어가 책을 가지고 나와 읽었습니다. 그곳에 꽂혀 있는 문고판 세계문학전집을 겨우내 모두 읽었고, 철학서적들도 읽었습니다.

계속 책만 읽다 보니 읽는 속도도 자연스럽게 빨라졌습니다. 한 권 정도의 책은 한 시간이면 읽을 수 있었습니다.

철학서적은 어려웠습니다. 무엇인가를 생각해야 되기 때문이었습니다. 소크라테스와 플라톤, 아리스토텔레스를 읽고 칸트를 읽을 때면 무슨 뜻인지 몰라 고민도 했습니다. 도저히 뜻을 알 수 없을 땐 집을 나와 집 주위를 돌았습니다.

집 앞에는 농수로가 있었고, 농수로 주위에 미루나무가 세 그루가 있었는데 그 꼭대기를 바라보고 있으면 서 있는 땅이 흔들리는 것 같았습니다. 그럴 때면 그 자리에 쪼그리고 앉아 하늘과 미루나무를 바라보았습니다. 미루나무 꼭대기에 회색 하늘이 매달려 있었습니다. 한동안 그곳을 바라보다 고개를 숙이고 눈을 감습니다.

이모 집 주위에 울타리처럼 심어져 있던 갈참나무 잎들이 바람이 불 때마다 바스락거렸습니다.

한동안 그렇게 쭈그리고 앉아있으면 이모의 두 딸의 목소리가 들렸습니다. 그대는 차디찬 의지의 날개로…… 수선화라는 노래였습니다. 마치 두 마리의 새 같았습니다.

노래를 마친 정희는 노랫말을 하나하나 또박또박 말하면서 내용을 설명해 주었습니다. 고독한 이야기였습니다. 지금도 그렇지만 그때는 너무도 초라하고 하찮은 저를 발견할 수 있었습니다.

이모네에 있는 책을 다 읽고 떠나올 때 이종 사촌인 딸 둘이 돼지 저금통을 부숴 운동화를 사 왔습니다.

운동화가 터져 발가락이 나온 것을 언제 보았나 봅니다. 그곳을 떠나 오가역 쪽으로 발길을 돌리며 자꾸만 이모네를 바라보았습니다. 구릉 속에 감추어진 낮은 이모네 지붕이 마치 배를 엎어놓은 것처럼 보였습니다.

기차역으로 가는 내내 이모의 딸들이 부러웠습니다. 걱정 없이 책을 읽을 수 있고 공부도 마음대로 할 수 있어서입니다. 오가역이 보이는 과수원을 지날 때 사과 냄새가 달콤했습니다. 주위를 살펴보니 사과라고는 한 개도 없었지만 말입니다.

그 후로도 방학이 되면 이모 집을 찾았습니다. 이유는 한 가지입니다. 새로운 책을 보기 위해서입니다. 고등학교 이 학년 되던 여름 방학이었습니다. 그때도 책을 보려고 이모 집으로 발길을 돌렸습니

다.

이모 집은 바빴습니다. 외딴집을 없애고 새집을 동내 한가운데에 짓는다는 거였습니다.

그해 여름 내내 낮에는 새로 집을 짓는 그곳에서 일을 했습니다. 그리고 밤이 되어서야 겨우 책 한 권을 읽었습니다.

이모 집 공사가 막바지에 다다른 어느 날이었습니다. 목수들은 몸집이 작고 가볍다며 천장 위로 올라가 못을 박아 주었으면 했습니다.

천장 위에 올라가 못을 입에 물고 망치질을 했습니다. 처음으로 해보는 망치질이었습니다. 그것도 비좁은 천장 안에서 엎드려서 말입니다.

그렇게 못을 박다 지쳐 큰 숨을 쉬려고 숨을 들이켜다 그만 입속에 든 못을 삼켜 버렸습니다.

며칠 동안 못이 나오는지 변을 검사했습니다만 찾지 못했습니다. 자꾸만 뱃속에 있는 못이 찌르는 것 같았습니다.

그렇게 여름방학이 끝나갔습니다. 여름방학이 다 되어 새집으로 이사하는 그날을 보지 못하고 집으로 돌아왔습니다.

이모 집을 떠나올 때 이모는 일을 열심히 했다고 돈을 주었습니다. 1기분 등록금이 되고도 남는 액수였습니다.

기차에서 내려 군산으로 배를 타고 넘어왔습니다. 이모 집에서 감명 깊게 읽었던 책을 사려고 시내로 걸었습니다.

시청사거리에서 번화한 거리로 가니 군일서점이 있었습니다. 그곳에서 플라톤을 한 권 샀습니다. 처음으로 돈을 주고 사고 싶은 책을 산겁니다.

표지가 너무도 깨끗한 책이었습니다. 차 안에서 책이 구겨지지 않게 동그랗게 말아 읽었습니다. 집에 돌아와서도 밑줄을 그으며 읽었습니다. 그럴수록 고독했습니다.

정겹게 들렸던 대나무밭을 지나가는 바람소리가 고독을 상징하는 소리처럼 들렸습니다.

플라톤을 읽다가 대나무밭으로 들어갔습니다. 대나무밭에서 누워있으니 바람에 흔들리는 대나무 소리가 사각거렸습니다. 그 소리는 이모 집에서 들었던 바스락거리는 소리와 달랐습니다.

어머니는 플라톤에 빠져 있는 저를 보고 걱정하는 눈빛을 보냈습니다. 개학을 해서도 늘 플라톤을 끼고 살았습니다.

책가방 안에는 늘 플라톤이 있었습니다. 당신도 어떤 것에 그렇게 미쳐본 적이 있나요.

요즘 들어 그때를 생각해보면 우습기도 합니다. 지금은 그 외딴 집이 없어졌지만 지금도 가끔씩 작은 황토 언덕에 깊게 내려앉은 그 마당 깊은 집이 그립습니다.

요즘 들어 자꾸 가족들 생각이 납니다. 어떤 땐 꼭 이렇게 살아야 하나 생각도 합니다.

사람들은 저를 보고 기러기 아빠라고 합니다. 많은 사람들이 자식들 공부 때문에 이렇게 산답니다.

당신은 어떻게 외로움이나 고독함을 극복하며 살고 있는지 궁금합니다. 이런 생각을 하는 제가 이기적이지요. 미안합니다.

당신이 보내준 편지를 접하면서 아직도 당신은 정말 영혼이 맑은 사람이구나라고 생각했습니다. 오늘은 정말 힘든 날이었습니다. 혼자라는 고독감 때문입니다.

— 은규가

전화가 온 것은 여행을 다녀온 지 닷새가 지난 후이다. 목소리를 듣고 마음이 안정되어 있음을 느낀다. 시내는 저녁 시간에 모딜리아니로 와주었으면 한다는 말을 남기고 전화를 끊는다.

자리에서 일어나 지난번 다녀온 정선을 생각하며 운동장을 바라본다. 텅 빈 농구장이 쓸쓸하게 다가온다. 기말시험이 다가오자 운동장으로 나오는 학생들이 현저하게 줄어들었다.

"교수님 계십니까."

누군가 문을 두드리며 말한다.

"들어오게."

조심스럽게 말하는 목소리가 성현이라는 것을 안다.

"교수님께 들릴 말이 있어서요."

성현은 갑갑할 정도로 천천히 말하는 습성이 있다. 그런 성현의 말을 듣고 있으면 조급함이 먼저 든다.

"그래 어떤 말인가. 이리로 앉아 말하게."

소파에 앉으며 말한다.

"……저 이번 학기를 끝으로 군대에 가기로 결정했습니다."

성현이 어렵게 말하며 바라본다.

"군대야 남자라면 한번은 갔다 와야 하는 건데…… 자네가 벌써 그렇게 됐나."

담배 한 개비를 꺼내 입에 물고 성현을 바라본다. 아직 앳돼 보인다.

"교수님……"

성현이 어렵게 입을 열고는 다음 말을 하지 못한다.

"할 말이 있나."

"네."

"어서 해보게."

"이런 말을 드려야 할지……"

"난 자네와 대화를 하고 있으면 답답하네. 좀 시원하게 말해보게."

"학장님과 잘 지내셨으면 해서요."

성현이 어렵게 말한다.

"자네가 그런 말까지 하나."

표정을 살피며 학생들 사이에서 자신이 어떻게 비춰지고 있는지 상상해 본다.

"제가 군대에 가면 교수님이 걱정이 됩니다."

"걱정을 해줘서 고맙기는 한데 자네는 학생이야. 난 자네를 가르치는 선생이고. 알겠나."

자기를 위해 어렵게 말하고 있는 성현에게 말했으나 마음 한구석에선 불쾌감마저 든다.

"네……"

성현은 어렵게 대답을 하고는 일어선다.

"그래, 군대에는 언제 가는가."

일어서 나가려는 성현을 바라본다.

"내일모레 갑니다."

"그럼 술이라도 한 잔해야 되는 거 아냐."

"아닙니다. 친구들과 약속이 되어 있습니다. 그럼, 교수님 건강하십시오. 그리고 제가 제대하고 꼭 찾아뵙겠습니다."

성현은 그렇게 말하며 제법 씩씩하게 문을 나선다.

성현이 나간 문을 계속 바라보며 담배를 피워 문다.

성현의 걱정스런 표정이 눈앞에 그려지며 비참함이 느껴진다. 그 자리에서 담배를 거푸 세 대를 피우고 일어선다. 뒷 창문으로 어두워지는 뒤뜰의 배경을 바라본다. 목련나무의 연한 녹색의 잎이 어느새 짙은 녹색으로 변해있다. 마치 강한 햇빛에 힘을 받은 것처럼.

막 문을 나서려할 때 서 교수가 찾아온다.

"교수님. 시간 있어요."

서 교수는 눈치를 보며 조심스럽게 말한다.

"시간은 있지만 급한 일이라도 있어요."

서 교수와 대화를 피하려고 말한다.

"급한 일이라기보다 할 말이 있어서요."

서 교수가 그렇게 말하자 다시 연구실로 들어간다. 서 교수는 소파에 앉자 창밖으로 뒤뜰을 잠시 바라보다 소파에 앉는다.

"차 한 잔 드릴까요."

"됐습니다."

서 교수는 반갑지 않게 말해서인지 사무적인 언어로 변하여 말한다.

"긴한 말이……"

"지난번에 제가 말했던 교환교수 건인데요. 생각해 보았습니까."

그 말을 한 서 교수는 가재 같은 눈을 번들거린다.

"생각은 해봤는데 정리할 것이 있어서……좀 더 생각해 보고 결정하려고요. 다른 사람이라도 나타났나요."

서 교수의 눈치를 살피며 말한다.

"아직 공식적으로 거론을 하지 않았어요. 교수님의 결정을 봐서 하려고요. 서로 가려고 하는 일이라서……"

"고맙습니다. 생각해 줘서."

"고맙긴요. 서로 잘 해보자는 건데요."

서 교수의 말은 묘한 여운을 남긴다.

"그럼 될 수 있으면 빨리 결정하세요. 그리로 통보도 해줘야 하고…… 시간이 촉박합니다."

"알겠습니다."

"퇴근 시간 빼앗아 미안합니다."

서 교수는 마치 무거운 일을 마친 사람처럼 홀가분한 걸음걸이로 연구실을 나선다.

컴컴할 때까지 자리에 앉아 아내와 아들이 살고 있는 미국이라는 나라를 생각해 본다.

뒤에서 서 교수를 시켜 압력을 넣고 있는 학장의 모습이 마치 미국이라는 나라처럼 클로즈업된다. 고개를 가로저으며 연구실을 나선다. 퇴근길에도 한동안 내내 서 교수의 가재 같은 눈이 머릿속을 떠나지 않는다.

차를 아파트 주차장에 주차시키고 모딜리아니로 걸어간다.

여름이 성큼 다가와 이마에 땀이 흐른다. 후텁지근하고 무덥다. 비가 올 것 같다 생각하며 하늘을 바라본다. 잔뜩 찌푸린 하늘에선 가끔씩 번갯불이 보인다. 모딜리아니로 들어서자 기다렸다는 듯 시내가 달려온다.

"선생님 기다렸어요."

시내가 달려든다.

"그래, 기분이 좋아 보여."

시내의 밝은 얼굴을 바라본다.

"그렇게 보여요."

얼굴 가득 웃음을 띠고 있다.

"오셨어요."

구석진 자리에서 주인 여자가 나오며 반갑게 말한다.
"잘 있었어요."
구석진 자리에서 술잔을 비우고 있는 사내를 바라본다.
"술은."
자리에 앉자 여자가 말한다.
"제가 마시던 술은 없나요. 하도 오래 돼서."
"예. 없습니다."
"그럼 제가 마시던 걸로 주세요."
"선생님. 언니 저 사람과 같이 사는 거 알아요."
여자가 술을 가지러 가자 시내가 조그맣게 말한다.
"아니."
장식거울을 통해 사내를 바라본다.
"얼마 전부터 같이 산데요."
사내를 바라본다.
"그렇게 됐나."
사내를 장식거울을 통해 바라보자 사내는 은규가 앉아 있는 테이블에 시선을 두고 있다.
"선생님. 언니는 저 사내가 그렇게 좋다네요."
시내는 장난기 어린 모습이다.
"뭐가."
그런 시내의 표정을 본다.
"사실은 저 사내가 돈이 좀 있나 봐요. 언니가 돈 냄새를 맡은 거죠."
아무렇지 않게 말하는 시내의 얼굴을 똑바로 바라본다.
"여기에 놓아둘 테니 시내가 깎아드려."

여자는 과일을 내려놓고 서둘러 사내가 앉아 있는 테이블로 향한다. 사내는 여자가 다가와 앉자 얼굴이 환해지며 입가에 잔잔한 미소를 띤다.

"자 받아."

먼저 사내의 술잔에 술을 따른다.

"선생님부터 해야 되는데……"

두 손으로 술잔을 받는다.

"오늘 만나자고 한 이유가 뭐야."

"사실은 저 내일 이곳을 떠나기로 결정했어요. 이곳도 오늘이 마지막입니다."

사내는 방금 전까지의 표정을 바꾸며 이별이 서운한지 고개를 숙이고 있다.

"언제부터 결정한 일인가."

고개를 들지 않고 말하는 사내를 바라본다.

"사북을 다녀오고 난 다음날부터 그렇게 생각했어요. 사실은 사북으로 떠날 때부터 이 도시를 떠나려 했었어요. 어머니가 말했던 그곳으로요."

"서울로 간다는 말인가."

"예."

갑자기 사내의 표정이 어두워진다.

"그곳에 아는 사람이라도 있어."

"친구가 한 명 있어요. 그 친구하고 연락도 했고요."

사내는 고개를 들지 않고 계속해서 말한다.

사내의 긴 머리가 얼굴을 가려 어떤 표정인지 알 수 없다.

"그래. 자, 한잔해."

앞에 놓인 술잔에 술을 따른다.
고개를 든 시내는 어느새 눈가에 눈물이 고여 있다.
"사람들은 다 그렇게 떠나는 거야."
시내에게 그렇게 말하고 술병을 내려놓는다.
"선생님도 받으세요."
시내가 비어 있는 술잔에 술을 따른다.
"눈물의 밤이네."
술을 받으며 말한다.
"선생님. 그동안 고마웠어요. 이런데 있다고 한 번도 하시 취급도 않고, 또 여행도 같이 가주고, 모든 것이 고맙습니다. 여기 앉아서 늘 선생님 같으신 분 만나기 어렵다는 생각을 했습니다. 그리고 웬만하면 이번 방학 동안에 사모님이 계신 미국에도 다녀오셨으면 합니다."
시내는 무슨 생각을 하는지 한동안 테이블을 내려 본다. 검은 머리카락이 마치 폭포수처럼 늘어져 얼굴을 가린다.
"자, 한잔 더해."
술병을 든다. 시내는 기척도 하지 않다가 고개를 든다. 시내의 얼굴엔 눈물로 번들거린다. 잔에 술을 따르자 단숨에 술을 들이킨다.
"사람들은 다 그래. 만나고 또 헤어지는 그런 행동을 반복적으로 하거든."
고개를 숙이고 있는 시내에게 달래듯 말한다.
"그럴까요."
마지못해 울음 섞인 말을 한다.
"그럼. 우리도 언젠가는 다른 인연으로 만날 수 있는 것이고."
"선생님. 아버지를 찾다가 선생님을 만나고부터 그 일을 그만두었어요. 아버지가 선생님의 인품과 너무 모자란다고 하는 걱정이 있어서요."

"아버지에 대한 감정은 알겠어."

한동안 그렇게 앉아 있다가 술이 적당히 올라오자 언제 그랬나 싶게 얼굴이 밝게 변한다.

가끔씩 힐긋힐긋 이쪽으로 눈을 돌리던 사내와 여자가 시내의 변화된 모습에 놀라는 표정을 한다.

시내는 눈 주위에 있는 마스카라의 먹물을 휴지로 조심스럽게 닦아낸다. 그런 다음 살짝 웃어 보이고는 술병을 들어 잔에 따른다.

"선생님. 오늘은 만취하고 싶어요."

시내는 서서히 술기운이 올라오는지 똑같은 말을 되풀이한다.

시내가 취했을 때 나타나는 증상이라고 생각하며 벽시계를 바라본다. 벌써 자정에 가깝다.

"이제 그만 가야겠어. 시내는 어떻게 할 거야."

"저, 선생님 집에서 자고 가면 안 되나요. 마지막 날인데."

일어서자 시내가 팔에 매달린다. 아무렇지 않게 시내를 부축한다. 홀 안쪽에서 사내와 함께 지켜보고만 있던 여자가 다가온다.

"시내야. 내일 언니한테 전화해 줘. 알았지."

여자는 시내의 취한 볼을 만지며 말한다.

"알았어. 전화가 없으면 그냥 간 줄 알아."

시내는 취중이었지만 그 말만은 또렷하게 한다.

밖으로 나오자 뿌옇게 비가 내리고 있다. 여자가 안으로 들어가 우산을 가져온다. 우산을 받고 주차장 모퉁이를 돌자 한차례 바람이 불어 우산을 뒤집어 놓는다. 우산을 모퉁이 후미진 곳에 던져 버리고 비를 맞으며 집으로 향한다.

"선생님. 비를 맞으니 너무 좋아요. 시원하고요."

시내가 더욱 밀착한다.

"나도 그래."

비를 맞고 걸어본 지가 언제인지 기억이 나지 않는다. 어둠 속에서 가로등을 지날 때면 시내의 흰옷 속으로 맨살이 훤하게 보인다. 언뜻언뜻 보이는 나신의 시내를 보며 꿈결 같은 옛날을 떠올린다.

그때 아내와 처음 만났을 때도 이랬다. 만성리 바닷가까지 흘러들어 절망적인 상황에서 아내를 만났다. 오랫동안 편지로 주고받은 이야기가 있어서인지 처음이지만 낯설지 않았다.

소나기가 잠시 멈춘 틈에 아내의 모습이 달맞이꽃처럼 다가왔다. 폐 축사에 숨어서 숨죽이고 바라보고 있었다. 가까이 다가와서야 여자라는 것을 알았고, 아내와는 그때가 처음이었다.

아내는 축사에 가까이 다가와 말해두었던 말을 했다. 덤불을 뒤집어쓰고 있다가 그때서야 덤불 속에서 나왔다.

바닷가로 내려와 철석거리는 바다를 보며 갯바위에 쭈그리고 앉았다. 아내의 긴 머리가 바람에 날려 얼굴을 간질거렸다. 아내는 운동권 학생이라는 것을 알고 있어서인지 행동이 조심스러웠다. 옆에 쭈그리고 앉아 이야기를 듣기만 했다.

얼마 동안 듣기만 하던 아내는 만성리해수욕장 뒤에 있는 산으로 안내했다. 막 산허리에 올라섰을 때 소나기가 내렸다. 얼굴이 따가울 정도로 거센 소나기였다.

아내가 입고 있던 치마가 몸에 달라붙으며 속옷이 보였다. 얇고 하얀 천에 살포시 가려진 아내의 육체를 보며 참을 수 없는 이성을 느꼈고 편편한 돌 위에서 정신없이 아내의 깊숙한 속으로 빨려 들었다. 이러면 안 된다고 조심스럽게 말하던 아내는 몇 번 저항을 했지만 폭풍 같은 격정 앞에서는 소용없는 일이라는 것을 알았는지 얼마 후 저항하지 않았다. 둘이서 돌 위에 앉았을 때는 이미 정렬이 식은 후였다. 아내는 갑작스럽게 당했다 생각했는지 무릎에 얼굴을 묻었다.

소나기는 계속 따갑게 얼굴을 때렸다. 한동안 그렇게 앉아 있던 아내는 어떤 결정을 내렸는지 다시 산 위로 올라갔다. 얼마쯤 올라갔을 때 숲 풀 속에서 음흉스런 집이 나타났다. 기도원이었다.

아내가 다니는 교회에서 운영하는 기도원이었다. 안으로 들어서자 입술이 퍼래진 아내를 그곳을 지키고 있던 사람이 홑이불로 감싸주었다. 미리 이야기가 되어있었던지 입실 절차가 간단하게 이루어졌고, 한동안 그곳에서 편안하게 지낼 수 있었다.

"선생님. 어떤 생각을 그렇게 깊게 하세요."

시내가 말한다.

"아무 생각도."

자신의 행동을 시내에게 들켰다 생각하니 가슴으로 뭔가가 끓어오르다가 차갑게 식어버리는 느낌을 받는다.

방으로 들어와 먼저 윗옷을 벗고 서랍에서 속옷을 꺼낸다. 뒤에선 시내가 서둘러 옷을 벗는다. 막 속옷을 입으려할 때 시내가 뒤에서 은규를 안는다. 놀라 돌아서자 기다렸다는 듯 시내가 가슴 안으로 달려든다. 순식간에 턱하고 숨이 멈추어 버리는 느낌을 받는다.

"왜 그러는 거야."

은규의 말소리는 이미 떨리고 있다.

"선생님. 이 순간만큼은 아무것도 기억하기 싫어요."

부드러운 시내의 앞가슴이 가슴으로 느껴진다. 적당히 부풀어 있고 적당히 물이 올라 있는 느낌을 받으며 시내의 손끝에 이끌려 침대에 쓰러진다.

차라리 눈을 감아버리자 라고 생각하며 눈을 감는다. 소나기가 세차게 내리는지 후두둑 후두둑 하고 유리창을 두드리는 소리가 들린다. 시내의 입술이 살갗을 훑고 지나가자 스치는 살갗이 움찔거린다. 시내는 깊숙한 배꼽에 잠시 동안 혀를 넣고 이어 아래로 내려와 집요하게 애무한다. 그동안 참았던 욕정의 소리를 탄식과 비슷한 소리로 한차례 내뱉고는 시내의 매끈한 등을 잡아당긴다. 시내는 가쁜 숨을 몰아쉬며 눈을 감고 누워 다음 차례를 기다린다. 망설임 없이 시내의 깊은 곳으로 미끄러져 들어가 반복운동을 한다. 시내는 한차례 찡그리는 표정을 하다가 반복운동이 거듭되자 입가에 약간의 미소를 띠며 신음소리를 낸다. 간간히 신음소리가 커지며 허리를 활처럼 부풀어 올린다.

"선생님. 고마워요."

시내는 뜨거운 입김을 귓불에 분다.

"미안해. 내가……"

멀어져가는 궤도 위의 기차소리를 느끼며 시내의 젖무덤에 얼굴을 숨긴다.

"선생님. 소나기가 내려요."

시내는 자신의 배 위에서 밀쳐내며 일어난다. 지나간 찰나의 순간을 참지 못했다는 아쉬움을 생각하며 한차례 깊은 숨을 내쉰다. 시내는 그 상태 그대로 창가로 가 창밖을 내다본다. 시내의 뒷모습을 바라보다 잠이 든다.

눈을 떴을 때는 출근 시간이 임박해서다. 언제 떠났는지 시내는 방에 없다. 서둘러 옷을 입고 가방을 챙기려다 책상 위에 있는 쪽지를 발견한다.

선생님께

선생님. 그동안 정말 고마웠습니다.

너무 곤하게 주무시고 계서서 깨우지 않고 그냥 떠납니다.

이 도시에 정이 들었는데 결국 저는 떠납니다.

아버지가 어딘가에 살아계신 곳. 하지만 이제는 아버지는 찾지 않을 겁니다.

어머니께서 내 몸을 씻겨주셨던 검룡소를 생각해 보았습니다.

제 몸을 깨끗하게 씻겨 주셨던 그 물이 가는 곳은 바로 한강입니다.

그곳에서 다른 삶을 살아볼 겁니다.

선생님.

저는 선생님의 고민이 무엇인지 잘 모릅니다. 하지만 선생님도 사람이기 때문에 어떤 고민이 있다는 것을 잘 압니다. 저도 고민이 많습니다만 이제 모두 내려놓고 싶습니다. 선생님도 그렇게 했으면 하는 바램입니다.

끝으로 선생님 사랑합니다.

— 시내가

은규는 시내의 쪽지를 구겨 바지 주머니에 넣고 집을 나선다.

11

당신에게 말했던 시내가 이 도시를 떠났습니다. 저와 여행을 다녀온 지 얼마 되지 않아서 입니다. 여행을 다녀온 후로 고민을 많이 했을 겁니다. 여행 중에 자신의 존재에 대하여 생각을 많이 했고, 이야기를 많이 했습니다. 위로 해줄 수 있는 것이라곤 한 가지도 없었습니다.

오늘은 새벽부터 밖이 뿌옇도록 소나기가 옵니다. 연구실 창가에서 소나기를 바라보며 시내의 모습을 상상해 보았습니다. 왜 그런지 술에 취해 허우적이며 방황하던 모습만 떠올랐습니다. 시내의 모습을 떨쳐 버리려고 도리질을 해도 끈덕지게 따라붙었습니다. 시내와 마지막 밤을 보내던 그때도 소나기가 내렸습니다. 시내와 같이 집으로 가는 동안 얼굴을 들고 몇 차례 하늘을 올려다보았습니다. 어찌나 빗발이 세던지 얼굴이 따가웠습니다.

이 나이가 돼도 역시 인간은 인간이었습니다. 편지로는 말하지 못할 일을 했습니다. 할 수 없었다라고 변명하고 있지만 시내는 자는 틈에 혼자 떠나버렸습니다. 얼굴을 마주볼 용기가 없었던 게 분명합니다. 시내는 쪽지 말미에 다른 삶을 살 거라는 글을 써놓았습니다. 어떤 다른 삶이 시내를 기다리고 있을지 알 까닭이 없습니다. 그러나 한 가지 확신하는 것은 분명 어떤 어려운 일이 있더라도 꼭 헤쳐 나갈 거라는 거입니다.

빗줄기를 보고 있으니 아내가 떠오릅니다. 아내와 만나던 날도 비가 억수같이 쏟아지던 여름이었습니다.

도망자의 길은 언제나 갈증이 있었습니다. 배도 고팠고, 고독했습니다. 누군가가 쫓는 자 보다는 쫓기는 자의 인내가 부족하다고 했습니다. 그것이 사실로 받아들여지고 있던 때였습니다.

소녀와 사흘에 한 번씩 주고받던 편지에 내 처지를 밝혔습니다. 소녀는 돕겠다며 날짜와 장소를 정하여 나오라고 했습니다.

두려웠지만 기차를 타고 또 들길과 산길을 걸어 여수 만성리해수욕장 부근 외딴 곳에 위치한 빈 축사를 찾아갔습니다. 만나기로한 시간이 오후 9시었는데 도착은 오후 6시였습니다. 3시간 가까이 그곳에서 해수욕장을 바라보았습니다.

해수욕장엔 해수욕을 하러 온 사람은 없었으나 개장을 앞두고 있어 몇몇 사람들이 주변을 정리하고 있었습니다. 검은 모래와 어울린 시퍼런 바닷물이 두렵기까지 했습니다. 동물 먹이로 놓아두었던 검불에 앉아 해수욕장만 내려다보았습니다.

하늘에 먹장구름이 몰려들자 해수욕장에서 일하던 사람들이 어디론지 사라졌습니다. 가끔씩 하늘에서 현기증이 날 것 같은 백색 광선이 불규칙한 선을 그었고, 그 뒤로 땅이 꺼지는 듯한 소리가 들렸습니다. 때때로 먼 곳에서 들리는 천둥소리는 마치 성난 호랑이 소리처럼 으르릉댔습니다. 소나기가 쏟아질게 뻔했습니다. 천장을 올려다보니 비는 가릴 수 있었습니다만 약속했던 소녀가 이런 날씨에 나와 줄까 하는 의문이 들기 시작했습니다. 혹시 추적자들이 들이닥치지나 않을지 두려웠습니다.

항상 밤마다 편한 잠을 자지 않았지만 낯선 그곳에서는 더욱 두려웠습니다. 그곳에 누워있으니 후두둑 후두둑 지붕 위에 빗방울이 떨어졌습니다. 몇 방울씩 내리던 빗줄기가 앞이 보이지 않게 쏟아졌습니다. 빗속에 사위가 어두워 왔습니다. 어느 쪽에서 소녀가 올까 두리번거리며 올만한 곳에 눈길을 두었습니다.

소녀와 만날 시간이 다가올수록 반가움보다도 두려움이 엄습했습니다. 소녀가 오지 않는다면 그 후로 어디로 가야 하나 생각해보니 먹장보다도 더 어두웠습니다.

잠시 소나기가 멎었습니다. 눈을 두고 있었던 먼 곳에서 마치 흰 천 조각 같은 것이 움직였습니다.

가까이 다가올수록 고향 집 담장에 올려져 있던 박꽃처럼 보이다가 어떤 땐 고향 집 화단에 있었던 달맞이꽃처럼 보이기도 했습니다. 그러다가 번갯불이 지나가면 그 사이에서 사람의 모습이 선명하게 보였습니다.

두려움과 반가움이 동시에 느껴졌습니다. 숨을 죽이고 그 모습만 바라보았습니다. 축사 앞에 멈춘 그녀는 내 이름을 불렀습니다. 떨리는 목소리였습니다. 그녀도 긴장하고 있는 게 분명했습니다.

"계세요."

목소리를 듣고 내가 만나려한 소녀가 틀림없다 단정하며 검불 더미에서 나왔습니다.

"여깁니다."

목소리를 듣고 소녀가 조심스럽게 다가왔습니다.

"반갑습니다."

소녀는 차분하면서도 명료하게 말했습니다.

"반갑습니다."

어두워 얼굴을 확실히 보지 못했지만 갸름한 윤곽과 긴 머리는 알 수 있었습니다.

"여기서 저쪽 산으로 올라가야 하는데 비가 올까 걱정입니다."

소녀가 가리키는 쪽을 바라보았습니다. 마치 검은 물을 들여놓은 산이 벽처럼 느껴졌습니다. 할 말을 잊고 그 자리에 서 있었습니다. 선택의 여지가 없었지만 소녀가 문제였습니다.

"제 걱정은 하지 않아도 됩니다. 다만 선생님이 걱정돼 그렇습니다."

소녀는 생각을 알았는지 그렇게 말했습니다.

"저는 걱정 마십시오."

그렇게 말하며 얼마간 시간을 보낸 후 소녀가 서둘러 그곳으로 가야 한다며 앞서 걸었습니다. 가는 길에 해수욕장의 갯바위에 앉아 철석거리는 바다를 바라보았습니다. 평화롭게 다가와 갯바위 위에 부딪치는 파도가 인상적이었습니다.

그렇게 앉아 있자 비가 올 것 같다며 소녀가 빨리 가자고 재촉했습니다. 할 수 없이 소녀가 지나간 길만 따라갔습니다 가끔씩 뒤를 바라보았습니다. 축사가 점점 멀어졌고, 바다도 점점 멀어졌습니다. 얼마쯤 걸어가고 있을 때 세찬 바람과 함께 소나기가 내리기 시작했습니다.

소녀는 바로 우산을 폈지만 바람 한 번에 소녀의 우산이 뒤집혔습니다. 순식간에 일어난 일입니다. 다시 우산을 펴려고 해도 펴지지 않았습니다. 고쳐 보려고 힘을 주자 우산이 부서져 버렸습니다.

머리에 손을 올리고 비를 피하려 했던 소녀가 할 수 없다는 듯 머리에서 손을 내렸습니다. 소녀는 그때부터 산길로 접어들었습니다.

산길을 오르며 가끔씩 뒤를 돌아보았습니다. 뒤는 툭 트인 해수욕장이 보였습니다. 멀리로 오동도 가로등도 보였습니다. 소녀는 가끔씩 뒤처져오고 있는 내게 빨리 오라고 말했습니다.

앞서 씩씩하게 산을 오르는 소녀가 수호천사처럼 느껴졌습니다. 얼마나 올랐을까, 편편한 바위가 있었습니다. 지쳐 바위에 주저앉으며 쉬자고 말했습니다. 앞서가던 소녀가 빤히 바라보다가 다가와 옆에 앉았습니다.

백색 불빛이 비칠 때마다 소녀의 윤곽이 또렷이 보였습니다. 하얀 옷에 달라붙은 소녀의 나신이 너무도 탐스러웠습니다. 소녀는 말했습니다.

"이제 얼마 남지 않았어요. 그곳에 가면 친구로 지낼 수 있는 사람도 있으니 참고 지내세요."

소녀의 말뜻을 알 수 없었으나 또래의 사람이 있다는 것은 분명한 듯했습니다. 땀이 식으니 추웠습니다.

"이렇게 있으면 추워서 감기듭니다."

소녀가 그렇게 말하며 빨리 가자고 손을 내밀었습니다. 그때 다시 번갯불이 눈앞을 지나갔습니다. 소녀의 가슴이 또렷이 보였습니다. 참을 수 없는 욕정이 발동했습니다. 어쩔 수 없었습니다. 가슴에 소녀를 안았습니다. 소녀는 가슴속에 꼭 들어왔습니다. 갑작스럽게 당해서였는지 소녀는 아무 말 하지 않았습니다. 그때 뭔지 모를 울분 같은 것이 와락 달려들었습니다. 너무도 서글픈 현실이었습니다. 저도 모르게 눈물이 흘렀습니다. 소녀는 그것을 어떻게 알았는지 조그맣게 말했습니다.

"이제 그만하세요. 그리고 울지 말아요."

소녀의 말이 내 가슴속으로 파고 들어왔습니다. 더욱 세게 소녀를 안았습니다. 소녀는 저항하지 않았습니다. 가까이서 소녀의 얼굴을 바라보았습니다. 긴 머리카락이 머리에 달라붙었지만 하얀 얼굴에 이목구비가 선명하여 너무도 아름다웠습니다. 앉았던 바위에 소녀를 눕히고 긴 호흡을 같이 했습니다. 처음엔 안 된다고 저항했지만 소녀는 내 힘에 눌렸는지 힘을 뺐습니다. 긴 호흡 말미에 소녀의 입에서 감미로운 언어가 쏟아져 나왔습니다. 내 귓가에 스친 감미로운 언어는 빗속에 틈입하여 불규칙한 소리로 들렸습니다. 어느 순간 고개를 들었습니다. 먼 곳에서 보이는 오동도의 가로등 불빛이 마치 고향에서 쥐불놀이를 하던 깡통 불처럼 보여졌습니다. 일을 끝마치고 빗물에 손을 씻었습니다. 소녀도 옷맵시를 다듬었습니다.

"이제 가요."

그렇게 말한 소녀는 더 이상 말을 하지 않았습니다. 모든 말이 쓸데없다는 것을 느꼈기 때문이었을 겁니다. 10분쯤 올라가니 불빛이 보였습니다. 집으로 들어가기 전 옷차림을 살폈습니다. 문 앞에는 기도원이라는 문구가 선명하게 보였습니다. 안으로 들어가자 기다렸다는 듯 기도원 관계자가 반겼습니다. 골방으로 안내되었습니다. 문을 열자 그곳에는 내 또래의 청년 하나가 비스듬히 누워 책을 보고 있었습니다. 방으로 들어가자 그 청년은 놀라는 표정을 지었습니다. 그 청년의 머리는 몇 달을 손질하지 않았는지 까치집을 지어놓은 것 같았습니다.

"지난번 제가 말했던 분입니다."

소녀가 뒤따라 들어오며 그 청년에게 말했습니다.

"이야기 많이 들었습니다."

청년이 일어나 정중하게 악수를 청했습니다. 겉모습과는 전혀 다른 행동이었습니다. 엉거주춤한 상태로 청년이 내미는 손을 잡았습니다.

"이런. 옷이 많이 젖었습니다."

청년은 그렇게 말하고 자기 백을 뒤적여 옷을 꺼내주었습니다. 몸집이 있는 청년이라 옷을 입으니 허리통에 주먹이 들어갈 정도였습니다.

"먼저 샤워를 하세요. 물이 차기는 하지만 기분은 좋을 겁니다."

그렇게 말한 청년이 샤워실로 안내했습니다. 샤워를 하고 방으로 들어오니 소녀와 청년이 이야기를 나누고 있었습니다. 마치 오누이처럼 다정스러워 보였습니다. 그때서야 소녀의 얼굴을 똑바로 바라볼 수 있었습니다. 청년은 한차례 문을 열고 밖을 내다보고는 자리에 앉았습니다.

"오늘 만나게 되어 정말 반갑습니다. 저는 정현이라고 합니다."

그렇게 말한 청년은 이불장 밑에서 소주를 두 병이나 꺼내놓고 안줏거리로 캔 꽁치를 내놓았습니다.

"오늘 형씨가 온다고 해서 이렇게 숨겨뒀습니다. 기도하러 온 사람들이 많아 그 사람한테 들키기라도 하는 날이면 우리를 욕할게 분명하니 조심스럽게 마십시다."

한마디도 할 수 없었습니다. 너무나 감동적이었습니다. 소녀는 캔을 따고 나무젓가락을 주었습니다. 청년은 종잇잔에 술을 따랐습니다. 소녀와 청년 그리고 저는 술잔을 들었습니다. 건배제의는 소

녀에게 맡겼습니다.

"이 나라의 민주주의를 위하여. 그리고 수배해제를 위하여!"

작은 소리였지만 절도가 있었습니다. 술을 한 잔씩 쭉 마시고 다시 잔을 돌렸습니다. 몇 잔을 거듭 들이키니 정신이 몽롱했습니다. 정말 오랜만에 마시는 술이었습니다. 도망 다니던 피로가 한순간에 사라지는 것 같았습니다.

청년은 광주에서 학교에 다니는 학생이었습니다. 우리들은 그때 숨을 죽이며 교정에서 불렀던 노래를 불렀습니다. 학교는 달라도 노래는 하나였습니다. 목소리가 높아질 때면 소녀는 조심하라며 입에 손을 댔습니다. 우리가 그렇게 떠들고 노래하고 있을 때 안쪽에서는 찬송소리와 기도소리가 들렸습니다. 무엇이 그리 절박한지 울음을 터트리는 사람도 있었습니다. 소나기가 쏟아졌지만 안쪽에서 들리는 소리가 마치 교정에서 들리는 아우성치는 소리처럼 들렸습니다. 한동안 노래를 부르던 우리는 그대로 한방에 꼬꾸라져 잠을 잤습니다. 아침에 일어나보니 삼각형으로 자리를 차지하고 있었습니다.

소녀는 사십대 아주머니들이 입고 다니는 월남치마에 소용돌이 무늬가 있는 남방을 입고 있었습니다. 소녀는 일어나 아침밥도 먹지 않고 그곳을 떠났습니다. 우리는 밥 먹을 때만 식당으로 내려갔습니다.

기도원을 지키고 있던 목사님이 식사 때마다 한차례 설교를 하고는 기도를 했습니다. 듣기가 싫었지만 할 수 없었습니다. 정현은 식탁 앞에 앉아 마치 오래된 신자처럼 눈을 감고 있었습니다. 속으로야 어떤 생각을 하고 있는지 알 수 없었지만 가끔씩 눈을 뜨고 바라보면 입술을 움직이며 뭐라고 말을 했습니다.

그때부터 소녀는 가끔씩 찾아왔습니다. 그때마다 소녀의 배낭 속에는 소주가 몇 병씩 들어 있었습니다.

저와 정현과는 맘이 맞았습니다. 서로 속에 있는 이야기를 할 수 있을 때 소녀에 대하여 알아보았습니다. 기도원은 여수 시내에 있는 큰 교회의 소유이고, 그 큰 교회 목사 딸이 소녀였습니다.

어느 날이었습니다. 그날도 어느 때와 다름없이 소녀가 배낭 속에 소주를 가지고 왔습니다. 우리는 저녁이 되기를 기다려 술을 마셨습니다. 취기가 적당히 오를쯤 정현이 갑작스럽게 말을 꺼냈습니다.

"은혜 씨 확실히 할 것이 있습니다."

갑작스런 정현의 말에 소녀가 의아한 표정을 했습니다. 정현의 얼굴을 바라보니 술은 취해 있었으나 너무도 진지했습니다.

"뭡니까."

한참 동안 정현을 바라보던 소녀가 정현의 표정이 심상치 않다는 것을 알았는지 침을 한번 삼키고는 그렇게 말했습니다.

"이 순간만큼은 진실로 말해 주었으면 합니다. 지금 술에 취해 있지만 술 취해 하는 말이 아닙니다."

정현은 진지하게 말했습니다. 저는 그때까지 정현이 어떤 말을 꺼낼지 알지 못했습니다.

"말해 보세요."

소녀가 담담하게 정현을 바라보며 말했습니다.

"저를 좋아합니까. 여기 있는 은규를 좋아합니까."

정현은 더는 망설이지 않고 말했습니다.

"……어떤 뜻으로 말하는지……"

갑작스런 말에 어리둥절해 하는 소녀는 겨우 그렇게 말하였습니다.

"단도직입적으로 말해서 결혼한다면 누구와 하겠느냐 그 말입니다."

그렇게 말한 정현이 목이 타는지 술을 따라 마셨습니다.

"……결혼상대라면 우린 이미 약속한 거나 다름없습니다."

그렇게 말하며 저를 바라보았습니다. 너무도 갑작스럽게 당했습니다. 순간적으로 산 중턱에서 있었던 그날이 떠올랐습니다.

정현은 그날 술이 떡이 되게 취했습니다. 그리고 술김에 나에게 축하한다는 말을 되풀이 했습니다. 다음날 소녀가 떠났고 오후가 되어 정현도 그곳을 떠났습니다. 그 후로 정현과는 연락이 끊어졌고, 우연히도 학교에서 정현을 만났습니다.

그때 만난 소녀가 지금의 내 아내가 되었고, 그 청년이 바로 내가 다니고 있는 학교 학장입니다. 정말 아이러니한 일입니다.

요즘 그때의 인연을 많이 생각합니다. 서로 의견이 다르다는 것은 상관없는 일인데, 제 일들이 교수들에게 반대를 위한 반대로 비춰집니다. 당신이라면 어떻게 처신할지 모르겠습니다.

요즘에는 마음 둘 곳이 없습니다. 시내도 떠나고, 당신도 대도시로 전근 간다는 소식이 있고 해서 말입니다. 시간을 내 당신이 있는 다송초등학교에 다녀올까 생각도 합니다. 눈을 감으니 빽빽한 송림이 보입니다. 그리고 솔향기가 연구실에 가득 채워지는 것을 느낍니다.

정말 눈을 감으면 훤히 보이는 학교입니다. 지금은 없어졌지만 붉은 함석이 녹슬어 검게 변해 있던 학교 지붕. 여름부터 시작하여 초가을까지 붉은색 샐비어가 불을 뿜던 작은 화단과 깊은 우물. 학교 주위를 빽빽하게 둘러싸고 있던 아름들이 소나무들. 그 넓던 운동장 하얀 흙. 당신이 그 속에서 지난 추억을 생각하며 살고 있다 생각하니 너무도 보고 싶습니다.

종강을 한 학교는 적막합니다. 많은 젊은이들이 북적대던 운동장엔 학생들이 없습니다. 복도로 지나가는 발짝 소리도 들리지 않습니다. 마치 깊은 산속에 홀로 들어와 있는 느낌입니다.

아무에게도 이야기하지 않았던 속에 있던 것들을 당신에게 토해내니 시원합니다. 아내와 만나게 된 이야기는 당신에게는 꼭 해주고 싶었습니다. 이제는 집으로 돌아가 깊은 잠을 자고 싶습니다.

— 은규로부터

다른 날보다 일찍 출근한 은규는 한동안 창밖을 내다본다. 밖은 아직도 비가 내린다. 어제부터 내려진 호우주의보는 해제되지 않는다.

목련나무 잎으로 떨어지는 빗방울 소리가 연구실까지 들리는 듯하다. 한동안 목련나무에 시선을 두고 서 있다가 소파로 향한다. 연구실이 축축한 기분이 들면서 책 냄새가 더욱 진하게 풍긴다. 자리에 앉아 신문을 펼치자 전화벨이 울린다.

"이사장님 전화입니다."

전화를 받자 전화기 저편에서 소녀의 목소리가 들린다.

"나, 이사장입니다."

이사장의 목소리는 언제나 무겁게 내려앉은 목소리다. 어떻게 들으면 거만한 소리로 들리고, 어떻게 들으면 우울한 목소리로 들리는 특이한 목소리다.

"웬일이십니까."

이사장의 목소리가 오늘따라 우울하게 느껴진다.

"좀 뵈었으면 하는데 시간이 있으신지요."

이사장은 정중하게 말한다.

"언제입니까."

무엇 때문일까? 유추해 보며 묻는다.

"지금요."

이사장은 어떤 생각을 하는지 바로 뵙기를 원한다.

"알겠습니다."

수화기를 내려놓고 이사장이 찾을 이유를 상상해 본다. 아무리 생각해도 학장이라면 모를까 이사장이 직접 자기를 찾을 이유가 없다 생각한다. 한동안 망설이다 이사장실로 향한다.

"앉으세요."

이사장실이 낯설다. 주위를 살피며 언제 들어와 봤는지 생각해 본다.

"어떤 걸로 드릴까요."

소녀가 정중하게 차 주문을 한다.

"커피로 주세요."

가냘프게 생긴 소녀를 바라보며 말한다.

"같은 걸로 줘요."

"수고가 많으시지요."

이사장이 차를 들며 정중하게 말한다.

"저는 이것이 천직인걸요."

이사장의 의도를 생각하며 말한다.

"참. 요즘 학장과 갈등이 있다는 데 사실입니까."

이사장은 신중한 표정을 하며 조심스럽게 말한다.

"갈등은 없고요. 의견이 다른 경우가 종종 있습니다."

이사장의 의도를 좀처럼 알아차릴 수 없다.

"그래요. 다른 사람들 눈에는 그것이 갈등으로 비쳐졌군요."

그런 것 때문에 여기로 자신을 부른 것이 아니라는 것을 알고 있었으나 이사장의 깊은 속내를 알 수 없다.

"그런 것이 문제가 있는 겁니까."

이사장이 어떤 생각을 하고 있는지 알고 싶어 말한다.

"문제가 있는 것은 아닙니다. 이사 몇몇이 이번에는 다른 학장을 선출하자고 합니다. 그래서 의견을 듣고 싶었습니다."

이사장의 입에서 학장의 일을 거론한다는 것은 학장과 이사장 사이에 갈등의 조짐이 있다는 것이 확실하다.

"그렇습니까. 하지만 지금같이 어려운 때에 다른 사람이 학장을 한다면 어려움이 더할 것 같은데요."

확실하게 더 알아 볼 겸 그렇게 말한다.

"그렇지 않아요. 어쩌면 이렇게 어려움을 겪고 있는 것이 인적인 문제에 따른 것인지 몰라요. '인사가 만사다.' 라는 말도 있잖습니까."

이사장은 새로운 학장을 생각하고 있는 것이 분명하다. 이사장은 그 말을 해놓고 지그시 눈을 감는다.

"……대안을 가지고 계십니까."

차를 한 모금 마시고 지그시 눈을 감고 있는 이사장에게 말한다.

"김 교수가 하면 안 되겠습니까."

이사장은 감았던 눈을 뜨며 뜸을 들이고 있던 말을 꺼낸다.

"제가요."

그것 때문에 자신을 이렇게 불렀다 생각하고 놀라는 표정을 지어 보인다.

"그래요. 우리 학교에 김 교수만한 분이 없습니다."

이사장은 차기 학장으로 이미 확정한 사람처럼 말한다.

"저는 아직 준비가 안 되었습니다. 그리고 올해에 여러 가지 계획도 있고 해서 말입니다."

학장과의 관계를 생각해 지금 학장 자리를 맞는다는 것은 옳지 못한 처사라 생각해 그렇게 말한다.

"잘 생각해 보십시오. 그리고 마음이 결정되면 제게 알려 주세요."

착잡한 마음으로 이사장실을 나온다. 학장과 이사장은 서로 뜻이 잘 맞는다고 생각한 것이 잘못이라고 생각하며 연구실로 향한다.

연구실에서 이사장의 달콤한 말을 생각해 본다. 이사장에게 학장을 하겠다고 말하면 할 수 있는 일이다.

지루하게 내리는 비가 굵은 장대비로 변한다. 가끔씩 천둥이 으르릉대며 운다.

그때다. 연구실로 서 교수가 찾아온다.

"교수님. 결정했어요."

서 교수는 소파에 앉자마자 말한다.

"제가 교환교수로 가는 일이 무엇 때문인가요."

서 교수의 단도직입적인 표현이 강제성을 가지고 있다고 느끼며 말한다.

"……학장이 생각해서 일겁니다. 학장이 직접 말한다면 사이가 좋지 않아 내쫓는 것 같은 인상으로 비춰질 것 같아서 제가 나서는 겁니다."

서 교수는 잠시 망설이다 그렇게 말한다.

"그럼 제가 학장과 한번 만나겠습니다. 그리고 할 말도 있고요."

그렇게 말하고 서 교수의 얼굴을 똑바로 바라본다.

"그래요. 그게 좋겠습니다."

눈빛에 놀란 서 교수는 그렇게 말하고 서둘러 일어선다.

"차라도 한잔 하시고 가시지요."

일어서는 서 교수에게 말한다.

"아닙니다."

서 교수가 달아나듯 나가자 창밖을 바라본다. 학장과 처음 만났던 그때의 일들이 눈에 선하게 그려진다. 좁은 방안에서 함께 뒹굴고 시국에 관한 이야기를 하며 새날을 그리워했던 것들이다. 지금은 아내가 되어 있는 은혜와 술을 마시던 기억과 아내의 선택으로 학장과 헤어졌던 그 순간까지. 지난날을 생각하다 학장의 의도가 무엇인지 알고 싶어 학장을 찾아가야겠다고 생각한다. 책상 앞에 앉아 수화기를 들고 학장실로 연결한다. 마침 학장이 자리에 있어 찾아간다고 말하고 그리로 향한다.

"오랜만이네."

학장이 미소를 지으며 어색하게 손을 내민다.

"오랜만이오."

어색하게 학장의 손을 잡는다.

"한번 만나 이야기 좀 하려 했는데 김 교수가 이렇게 찾아오니 고맙습니다."

소파에 앉은 학장은 똑바로 바라보며 말한다. 늙었어도 골방에서 보아왔던 그 모습이 남아 있다.

"요즘은 어떻게 지냅니까."

지난날을 생각하다 말한다.

"요즘 여러 문제들이 있어요. 이사장과의 관계도 소원해지고 있고…… 뭐 그렇죠. 대학이라는 것이 다 그렇고 그런게 아닙니까. 참,

은혜 씨는 잘 있지요."

학장은 아내에게 관심을 보인다.

"뭐, 그렇죠. 아내가 미국에 들어간 지가 3년째입니다."

자신이 하려고 하는 말을 생각하며 말한다.

"그래요. 벌써 그렇게 됐나요. 참 세월이 빠릅니다."

학장은 지난날을 생각하는지 잠시 창밖으로 시선을 돌리며 말한다.

"아들놈이 커가는 것을 보면 세월이 빠르다는 것이 실감납니다."

학장이 지난 세월을 생각하자 화제를 바꿔볼 요량으로 그렇게 말한다.

"기도원에서 김 교수를 처음 보았을 때가 생각납니다."

그렇게 말한 학장이 다시 생각에 잠긴다. 그때 일을 생각하며 입가에 조용한 미소를 짓는다.

"요즘 생각대로 되는 것이 하나도 없어요."

생각에 잠겨 있던 학장이 말한다.

"어려운 일이라도 있어요."

이사장과의 관계를 모르는 척하며 말한다.

"요즘 들어 이사장과 사이가 좋지 않아요. 잘 지내는 것이 좋긴 한데 너무 욕심을 부려요."

그렇게 말한 학장이 숨을 크게 몰아쉰다.

"갑자기 왜 그렇게 됐어요. 두 분이 잘 지내니 보기가 좋았는데."

"선이 있는 겁니다. 무조건 다 이사장 마음대로 하려면 안 되는 거지요. 저도 권한을 양보를 하면서 적당한 간격을 유지하는 것인데."

그렇게 말한 학장은 속이 타는지 담뱃갑에서 담배를 꺼내 피워 문다. 은규는 학장이 생각하고 있을 고민들을 생각하며 학장의 표정을 바라본다.

"김 교수는 어떻게 생각할지 모르겠으나 고민이 많습니다."

한참 동안 담배를 피워대던 학장이 다시 말한다.

"서 교수가 몇 번 찾아와 이번 교환교수로 미국에 들어가라 말하는데 어찌된 일입니까."

작심한 듯 말한다.

"서 교수가 그렇게 말했습니까."

학장은 딴전을 피우듯 말한다.

"모르고 있었어요."

불쾌한 생각이 들어 높은 소리로 말한다.

"알고야 있었습니다. 서 교수가 들어와 적당한 사람을 찾아본다고 말은 했었습니다만 김 교수한테 한 지는 몰랐어요."

학장은 아무렇지 않다는 듯 그렇게 말한다.

"그랬습니까."

은규는 학장이 알고 있으면서도 시치미를 떼는 것으로 생각하며 학장을 바라본다.

"언젠가 한번 내가 김 교수한테 말해 보라고는 했어요. 은혜 씨가 미국에 있고 또 아이도 미국에 있는 걸로 알고 있어서……"

학장은 아무렇지 않게 말한다.

은규는 정신이 혼란스럽다. 서 교수가 줄기차게 말한 것은 무엇 때문인가. 이사장의 의도를 알고 있기 때문인가. 알 수 없는 일이다. 회의 때마다 반기를 든 자신의 당위성을 생각해 본다.

"교환교수로 가기 싫습니까."

학장이 생각에 잠겨 있는 은규에게 말한다.

"아직 생각해 보지 않았어요."

갑작스런 학장 말에 그렇게 말한다.

"시간이 얼마 남지 않았을 겁니다."

학장은 내심 은규가 떠나주었으면 하는 것 같다.

"학기 초에 있었던 복지관 건립문제는 어떻게 됐습니까."

자신이 학기 초에 반대를 했던 사안에 대하여 말한다.

"지금도 복지관은 필요하다고 생각합니다. 특히 강조되고 있는 것이 대학이 지역사회와 함께 해야 한다는 것이고 그러려면 가시적으로 필요한 것이 복지관입니다. 제가 가시적이라고 해서 내실이 부실하다는 것은 아닙니다. 우리 학교에 사회복지학부도 있고 해서입니다. 김 교수가 반대한 사안이지만 전 개의치 않았어요. 충분히 그럴 수 있는 것이고, 지금 현시점에서는 너무도 달라져 있습니다. 불과 몇 달 만에 말이죠."

학장은 그때 그 자리에서는 기분이 상해 있었다. 하지만 현재는 너무도 다른 학장의 모습을 볼 수 있다.

"복지관을 건립하는 겁니까?"

학장의 태도가 달라 있는 것을 보고 말한다.

"힘들 것 같습니다."

학장은 아쉽다는 듯 그렇게 말한다.

"왜요."

은규는 그것이 무엇 때문인지 알 수 없어 묻는다.

"실속이 없다는 겁니다. 이사장의 생각은 건립을 하면서 콩가루라도 떨어질까 생각했는데 있는 돈을 내야 할 판이라……"

이사장이 불편해 하는 모습을 떠올려 본다.

"그래요."

알았다는 듯 말한다.

"김 교수는 그런 것을 알고 있지 않았습니까."

학장은 은규를 바라본다.

"몰랐습니다. 저는 순수한 학생들을 위한 건물을 원했던 겁니다. 우리 학교가 지역주민까지 고려할 여유가 없을 것 같았기 때문이었죠."

은규는 얼굴이 붉어진다.

"김 교수가 반대한 것을 오래 생각하지 않았어요. 그 당시에는 사람인지라 불쾌했지만 반대를 하는 사람도 있어야 민주적이잖습니까. 몇몇이 반대를 해야 모양새도 좋고 말입니다."

학장은 자신의 입장을 너그럽게 표현한다.

"그렇게 생각했다니 고맙습니다."

학장의 인격에 눌리는 기분이 들어 자꾸만 얼굴이 붉어진다.

"김 교수와는 젊은 날의 인연도 있는데 미워할 수 있습니까."

학장은 환하게 웃는다.

"미안합니다."

한동안 지난 시절의 이야기를 나누고 학장실을 나와 곧바로 서 교수의 연구실로 향한다.

마치 터널 같은 복도를 걸으며 교수들의 연구실 표식을 바라본다. 서 교수의 연구실은 복도 끝에 자리 잡고 있어 학장실에서 바라보면 마치 터널의 끝 같은 느낌을 준다.

연구실로 들어서자 서 교수는 서성이며 담배를 피우다 깜짝 반긴다.

"웬일입니까."

학장실을 갔다는 것을 알았는지 초조한 기색을 보이고 있던 서 교수가 반기며 말한다.

"못 올 데라도 온 겁니까."

웃으며 말한다.

"그게 아니고 한 번도 찾아오시지 않던 분이라…… 이리로 앉으시죠."

처음 들어와 보는 서 교수의 연구실은 창을 가려서인지 왠지 갑갑한 느낌을 주는 연구실이다.

"차 한 잔 하셔야죠."

소파에 앉자 서 교수가 궁금한지 똑바로 바라본다.

"전, 커피로 주세요."

서 교수가 소파에 앉는다.

"교환교수로 가기로 결정했습니다."

커피를 한 모금 마시고 말한다.

"잘하셨습니다. 학장님께 고맙다고 말하세요. 학장님이 김 교수님 생각을 많이 합니다."

서 교수는 얼굴이 환해진다.

"그래요? 전 다른 지원자들에게 양보해야겠다 생각해서 기다렸습니다."

서 교수의 숨은 뜻을 알면서도 그렇게 말한다.

"부인과 자녀가 미국에 있는 걸로 아는데 사실입니까."

"그래요. 시쳇말로 저를 기러기아빠라고들 합니다."

"잘됐습니다."

"이번 들어가면 이 년 동안은 있을 겁니다."

서 교수는 이 년이라는 말에 무게를 둔다.

"그래요. 생각을 많이 해주어 고맙습니다."

"고맙긴요."

서 교수의 연구실을 나오며 이사장과 학장의 관계와 이사장이 차기 학장으로 자신을 지목할 거라는 것을 서 교수는 알고 있지 않을까 생각한다.

연구실로 들어와 정리되어 있는 책을 바라보니 마음이 착잡하고, 어떤 짐부터 꾸려야 할지 막막하다.

책상 앞에 놓아둔 사진에서 아들과 아내의 모습을 바라본다. 아들놈은 활짝 웃고 있지만 아내는 무엇을 생각하는지 수심이 가득하다. 웬지 모르지만 이 상황에서 자꾸만 성현이 군대에 가며 했던 말이 귓가에 맴돈다.

12

그동안 고민했던 문제가 해결되었습니다.

아마 당신이 고향 학교인 다송초등학교를 떠나기 전 내가 먼저 이 나라를 떠나게 될 것 같습니다. 떠날 것을 결정하고 나니 자꾸만 다송초등학교가 생각납니다. 유년시절에 같이 다녔던 땟국 절은 학생들이 눈앞에 다가왔다 사라집니다.

그중에는 언제나 똑똑했던 당신도 있고, 개구쟁이였던 철수와 눈이 왕방울만 하여 호랑이라는 별명을 갖은 성섭이. 늘 무언가 생각에 잠겨 있던 용수. 키가 작았던 석진이. 코를 많이 흘리고 다닌 진수, 건수, 택환이, 같은 마을 태수, 성환이…… 정말 보고 싶은 얼굴들입니다.

이번 결정은 심사숙고한 가운데 결정했습니다. 제가 떠나지 않으면 안될 여러 가지 문제들이 있었습니다.

갑자기 떠나야겠다고 결정한 것은 이사장을 만나고부터 입니다. 이사장을 만나보고 또 학장을 만났습니다.

학장이 생각하고 있는 것들을 들으니 내가 너무 근시안적인 생각을 했었던 것 같습니다.

제가 떠나지 않고, 그 자리에 버티고 앉아있다면 명예는 얻을지는 모릅니다. 그러나 궁극적으로 중요한 나를 잃을 것 같았습니다.

당신은 제 생각을 알지 모르겠지만 산다는 것이 쉬운 것이 아닙니다. 제 안에 있는 것들을 정리하고 어려운 문제를 결정하고 나니 이제는 홀가분합니다.

어제는 테니스대회를 했습니다. 교내에서 테니스를 치던 교수 몇 분이 저를 위해 고별전이라고 그럴듯한 대회 명칭을 붙였습니다.

그 자리에는 학장도 있었고, 서 교수도 동참했습니다. 제비를 뽑았는데 공교롭게도 학장과 서 교수가 같은 팀이었습니다.

송 교수와 짝을 맞춘 저는 첫 번째 게임부터 잘 풀렸습니다. 첫 번째 게임은 6 : 1로 경기를 끝냈습니다. 상대편이 봐주는 인상도 들었지만 테니스를 잘 치는 송 교수의 덕택이었습니다.

세 게임을 마치니 결승에 올라갔습니다. 상대편은 공교롭게도 학장과 서 교수 팀이 올라왔습니다.

교수들 사이에 학장하고는 같이 운동을 않겠다는 사람이 많습니다. 학장은 승부욕이 지나쳐 매너가 없기 때문입니다.

첫 서브가 들어오지 않으면 상대적으로 약한 두 번째 서브를 노렸다가 앞에 서 있는 전희에 강공으로 공격합니다.

앞에 멍청히 서 있다가 학장이 친 공에 눈을 정통으로 맞아 누구와 싸워 주먹으로 눈을 얻어맞은 사람처럼 눈 주위가 퍼렇게 검댕이가 된 교수가 한두 명이 아닙니다.

그런 교수 중 한 사람이 송 교수입니다. 송 교수는 수일 동안 색안경을 끼고 수업을 하였습니다. 그때 학장은 되레 송 교수를 나무랐습니다. 운동을 잘한다는 사람이 그 공 하나 막지 못하느냐고 말입니다. 그때부터 송 교수는 학장하고는 운동을 하지 않았습니다. 테니스 라켓을 들고 나왔다가도 학장이 있으면 벽치기 연습만 하고 들어갔습니다.

어제는 저 때문에 할 수 없이 운동을 했습니다. 운동을 하는 도중 송 교수가 나에게 말했습니다. 지난번 진 빚을 갚겠다고 말입니다. 그때 마음 같아서는 그렇게 하라 하고 싶었지만 참으라고 말했습니다.

송 교수는 그때의 앙금이 고스란히 남아있었습니다. 스코어마다 어렵게 얻어 겨우 6 : 4로 승리할 수 있었습니다.

경기를 다 끝내고 송 교수와 악수를 하는데 얼굴을 보니 분풀이를 하지 못해서인지 서운해 하는 얼굴이었습니다. 그때가 언제냐며 다 잊고 살면 편한 거 아니냐고 말하며 코트를 나왔습니다.

땀을 닦고 테니스 코트 옆에 있는 회식자리로 향했습니다. 그곳에는 다른 교수들이 다 참석해 있었습니다.

학장의 건배로 맥주를 들었습니다. 송 교수는 옆에 앉아 두꺼비 파리 차 먹듯이 말없이 술만 받아 마셨습니다. 얼마쯤 술잔이 돌자 취기가 올라온 학장이 말했습니다.

이번 대회에서 우승한 교수를 위하여 군대식으로 잔을 돌리겠다고 말입니다. 어리둥절했습니다. 군대식으로 잔을 어떻게 돌리는지 몰랐기 때문입니다. 학장은 서 교수에게 내 운동화를 가져오게 했습니다. 그때까지도 무엇을 하려는지 전혀 알지 못했습니다. 학장은 내 운동화를 집어 들더니 그 안에 맥주를 따랐습니다. 운동화 속으로 맥주 한 병이 다 들어갔습니다.

그때서야 군대에서 군화 속에 막걸리를 따라 마시던 생각이 났습니다. 고린내가 풍기는 더러운 운동화에 맥주를 따른 학장이 첫 잔을 쉬지 않고 마셨습니다. 경험이 없는 교수들이 눈을 찡그렸습니다.

다음 잔은 내 차례였고 나부터 시계 반대 방향으로 한 잔씩 돌았습니다. 학장이 제일 더러운 술을 마셨으니 싫다는 사람이 없었습니다.

그렇게 한 잔을 마시고 나니 머리가 핑 돌았습니다. 회식판은 그 한 잔씩으로 끝이 났고, 교수들은 잘 갔다 오라고 말하며 뿔뿔이 흩어졌습니다.

결국 마지막까지 송 교수와 함께 승리를 자축했습니다. 그때 송 교수가 진심을 털어놓았습니다.

미국으로 들어갈 차례가 자기인데 서 교수 때문에 가지 못하게 되었다고 말입니다. 송 교수의 말에 술이 번쩍 깨는 듯했습니다. 지금이라도 늦지 않았으니 가려면 가라고 말했습니다. 결정은 했지만 진심이었습니다. 하지만 송 교수는 다른 사람보다 제가 가게 되어 다행이라며 양보하겠다고 말했습니다. 그때 송 교수는 의미 있는 말을 했습니다. 차기 학장이 서 교수로 바뀔 수 있다고 말입니다. 술이 번쩍 깼지만 다음 순간 상관하지 않겠다고 마음속으로 다짐했습니다.

그 자리에서 여러 이야기를 하며 송 교수와 소주 한 병씩을 더 마시고 집으로 돌아왔습니다.

집에 돌아와 침대에 떨어져 자는데 꿈속에서 신발 때문에 혼이 났습니다. 아내와 아이가 있는 미국에 가려고 집을 나서는데 있어

야할 신발이 없었습니다.

공항으로 가는 차 시간은 다가오는데 아무리 찾아도 신발이 보이지 않았습니다. 할 수 없이 신발을 벗은 채 차에 타려고 했습니다.

하지만 누군가가 신발이 없는 사람은 차에 태워줄 수 없다고 하며 차에 타려고 하는 나를 밀쳐냈습니다. 아무리 사정해도 끝내 태워주지 않고 떠나버렸습니다.

나는 떠나가는 차의 뒷모습을 바라보다 잠에서 깨어났습니다. 잠에서 깨어 시계를 바라보았습니다.

새벽 세 시였습니다. 잠을 청해도 잠이 오지 않았습니다. 일어나 지금까지 살아온 나를 생각해 보았습니다. 꿈속에서 외짝 신처럼 하찮게 생각하던 것들이 아주 중요한 것들이었다는 것을 생각해 냈습니다.

유년을 살아오면서 남들보다 신을 많이 잃어버리며 살았고, 그때마다 어머니는 외짝 신을 찾아 주었습니다. 어머니가 찾아주는 외짝 신을 신으며 그 순간만 신발의 중요함을 깨달았습니다. 어머니는 늘 외짝 신을 한 켤레 값보다 더 주고 찾았다는 것을 나는 까맣게 잊고 있었습니다.

어머니께서 돌아가시고 땅에 묻히던 그날은 몹시도 추웠습니다. 나는 석관이 덮이는 마지막 순간에 어머니 발밑에 털신을 넣었습니다. 나의 행동을 아버지와 형들은 바라보기만 하였습니다.

당신에게 아내와 결혼하게 된 동기와 지금까지 살고 있는 모든 것을 보여드린 것 같습니다. 마지막으로 당신을 꼭 보고 떠나고 싶습니다.

어제는 어머니 고향을 찾아갔습니다. 회색 갯벌 위에 붉디붉은 나문재가 마치 모네가 그린 붉은 양귀비꽃이 있는 들의 풍경을 옮

겨 놓은 듯합니다.

이곳은 당신과 꼭 한번 와보고 싶은 장소입니다. 둑에는 내 키보다 큰 갈대가 짙은 초록빛을 띠고 있고, 하얀 머리를 펄럭였습니다.

한동안 둑 위에 앉아 어머니께서 맨발로 걸어 다녔을 회색빛 갯벌을 바라보았습니다. 마치 당신과 함께 서서 넓은 갯벌을 바라보는 것 같았습니다. 한참 동안 회색과 붉은색 그리고 녹색이 조화를 이루고 있는 만경강을 바라보고 있으니 석양이 시작되었습니다.

회색빛으로 농익어 있던 갯벌이 금빛으로 번들거렸습니다. 갯벌과 나문재 그리고 녹색 갈댓잎이 모두 노을에 물들었습니다. 어머니께서 늘 바라보고 생각에 잠겼던 그 노을빛입니다. 나는 혼자 같은 말을 여러 번 중얼거렸습니다.

"어머니. 오늘같이 외로운 날 보고 싶습니다."

표지 · 본문 그림 한윤기 hyk400@hanmail.net

추계예술대학교 미술학부 동양화과, 동국대학교 교육대학원 미술교육과 졸업.

개인전 19회, 단체전 500회.

대한민국 미술대전 특선.

현재 한국미술협회 한국화 이사. 추계예술대학교 겸임교수.

키 큰 미루나무

1쇄 발행일 | 2016년 09월 05일

지은이 | 윤규열
펴낸이 | 정화숙
펴낸곳 | 개미

출판등록 | 제313－2001－61호 1992. 2. 18
주소 | (04175) 서울시 마포구 마포대로 12, B－109호(마포동 한신빌딩)
전화 | (02)704－2546
팩스 | (02)714－2365
E-mail | lily12140@hanmail.net

ISBN 978－89－94459－65－3 03810

값 12,000원